COLECCIÓN TIERRA FIRME

INVITACIÓN A GABRIELA MISTRAL
(1889-1989)

INVITACIÓN A
GABRIELA MISTRAL
(1889-1989)

Presentación y selección de
GLADYS RODRÍGUEZ VALDÉS

FONDO DE CULTURA ECONÓMICA
MÉXICO

Primera edición, 1990

D. R. © 1990, Fondo de Cultura Económica, S. A. de C. V.
Av. de la Universidad, 975; 03100 México, D. F.

ISBN 968-16-3493-4

Impreso en México

PRESENTACIÓN

LA HUELLA DEL PADRE

Ella gustaba referirse a su ascendencia vasca, judía y mestiza. En un país como Chile, fruto de migraciones procedentes de todas partes del mundo, difícil es rastrear antepasados cuando no existe una prosapia reconocida, a la cual tan afecta es nuestra gente. Sin embargo, para Gabriela esta raigambre comunica características de tenacidad, aislamiento y un profundo mirar las cosas desde ángulos diferentes cuyo resultado es un proyectarse a las regiones íntimas, mucho más que a lo que constituye la fama y el poder. Errante y hablando un idioma que no era el común para las mujeres de su tiempo, esta chilena parida en el norte del país habría de lograr un sitio que jamás sospechar pudo mientras se afanaba por trazar versos al amor que la condujo a la soledad eterna.

Señalada está su vida por cierta arisca reciedumbre con que protege su dolorida ternura. Para vivir, viniendo de la trivalente fuente, preciso era parecer fuerte. Niña fue nacida Lucila Godoy Alcayaga, un 7 de abril de 1889 en Vicuña, provincia de Coquimbo, con desierto y valles transversales. Su madre se llamó Petronila Alcayaga de Godoy y ya tenía una hija, Emelina Molina. Entre estas dos mujeres transcurre la primera parte de su vida. Sola solitaria en medio de la madre y la hermana a medias. ¿Dónde estuvo el padre que no tejió rondas para la hacedora de cantos?

Don Jerónimo Godoy Villanueva había nacido cantor, de esos que en la patria son denominados "puetas" (con diptongación popular). La vihuela era su vehículo para dar rienda suelta al sueño y evadir lo que para su ánimo resultaría pesada cadena. Se quedó fijo en la adolescencia; su amor fue de canciones, pero imposible para él permanecer mucho tiempo en algún lugar y responder a las peticiones de un hogar. Viajero en guitarra terciada junto al poncho, caminó sin detenerse más que lo justo para hacer un hijo y enamorar a alguna mujer que apagara su sed de mundo y distancias. Cualquier flor, cualquier pollera despertaba la lira y sus trovas para reiniciar la ruta.

Imposible juzgar —y además absurdo— a alguien como don Jerónimo tan distante y perdido en la camanchaca[1] nortina.

> Tal vez lo que yo he perdido
> no es tu imagen, es mi alma,
> mi alma en la que yo cavé
> tu rostro como una llaga.
>
> Cuando la vida me hiera,
> ¿adónde buscar tu cara,
> si ahora ya tienes polvo
> hasta dentro de mi alma?
>
> A él lo hicieron sin el encaje
> del claro álamo temblador,
> porque el alma del caminante
> ni le conozca la aflicción...

Lucila ha de tener esa característica dolida del trashumante y también su misterio. Petronila y Emelina fueron hormiguitas que proveyeron a la niña, de asombrados ojos, de nutrimentos y estabilidad. Seguramente el padre la hizo soñar en dolor.

Mi tía paterna doña Lucila Rodríguez Guerrero conoció a esta niña cuando ya era Gabriela y me contaba de los ojos increíbles de la poetisa. Verdes eran y enormes como si hubiesen querido abarcar el mar y la tierra toda. Pero tristes con la nostalgia de algo buscado eternamente a sabiendas de que jamás será hallado. Y esa relación dolorosa por imperfecta y no acabada con el padre es posible advertirla en los poemas donde ha de tornarse fuerte para amar siempre a débiles.

Curiosa textura para la incipiente personalidad. Esa presencia masculina difuminada en ausencias prolongadas hasta el desaparecimiento total. La mujer que está comenzando a perfilarse es agredida antes de formar su corola y ha de convertirla en cardo para seguir viviendo. Parte el padre embelesado sin percatarse del hueco que ha cavado para siempre en el espíritu de Lucila. El hogar se bambolea; el pan escaso es traído por dobles manos maternales de Petronila y Emelina, que se hace maestra rural para allegar algunos centavos a la precaria economía familiar.

[1] Camanchaca: neblina con agua de lluvia.

Los Godoy Alcayaga pertenecieron a ese peculiar estrato de clase media que lleva lustrados los zapatos con suela rota, y no se permite excesos por considerarlos de mal gusto. Lucila escapa al tedio de la pobreza cuando va a casa de su abuela paterna, doña Isabel Villanueva. Esta mujer le da a conocer un libro mágico que tendrá constante resonancia en la vida y en la obra de Gabriela. Entonces La Serena, marítima y colonial, significa la leyenda, las historias de mujeres fuertes que caminan por el desierto amamantando varones para descubrir la Tierra Prometida. Desde Monte Grande viaja Lucila a visitar a la abuela que le cuenta pasajes del tránsito del pueblo judío, de sus desdichas y victorias. La soledad se convierte, por momentos, en abierta ventana a otras vidas que como la de ella debieron ser duras sin los arroyos de leche y miel.

Pensemos un momento en la provincia nortina chilena de aquellos años. La siesta colonial se ha quedado en las solariegas casas de ladrillos rojos y adobes. El aljibe da frescura a los jardines donde asoman los jacintos y las violetas. Las calles estrechas y largas para los pocos transeúntes, malamente alumbradas para las castañas de invierno y su pregonero. Dulce de alcayota en los ollones de cobre, rubia promesa para el pan amasado en el horno de barro. Las señoritas hacen confituras de papaya mientras los hombres beben a sorbos el pisco de Elqui, fragante a uva. El encaje de bolillo corre entre los dedos de la aristocracia femenina que languidece en las tardes. Las mozas del pueblo tienen mejillas coloradas y el cuerpo de cintura quebradeña. Los postigos deben estar abiertos para que manos escondidas levanten rápidamente los visillos y se enteren de los últimos chismes de la cuadra. Los ojos de las mujeres pálidas permanecen bajos mientras el padre y el marido pueden dar gusto a sus deseos de frutas del cercado ajeno. Las mujeres del estrato al cual Lucila pertenece no son dueñas de su vida. Las decisiones corren por cuenta de los varones; muy pocas se alzan contra esta circunstancia; las mujeres buenas obedecen y callan; las "mujeres diablas" se pasean con desenfado y labios pintados; los hombres las miran y van con ellas a beber y a bailar; las "señoritas decentes" se quedan en casa y por las tardes asoman su afiebrado cuerpo para ver al *pololo*[2] entre las macetas de jazmín y los cardenales del balcón. La mano de la mujer fue hecha para deshilar manteles, preparar dulce de higo y cultivar claveles. Eso y las lecturas de novelones fáciles que no atenten contra "las buenas costumbres".

Lucila es una niña apacible que no está de acuerdo con bordar solamente y permanecer al margen de las cosas. La obsede una inquietud constante por saber y sus pequeñas manos escriben especies de versos a escondidas de los mayores. Ya ha empezado a pensar que nada es inmutable y a esta dialéctica razón se adhiere con la fuerza de su sola infancia.

Las siestas son prolongadas en la ciudad de la abuela. La Serena —así llamada en honor a la tierra natal del fundador Pedro de Valdivia— es una de las pocas ciudades que en Chile han conservado el encanto de los arcos coloniales. El encanto y la vida subterránea, la quietud y la desesperación. Los arriates en la Plaza de Armas florecen en claveles reventones de colores inimaginables; grises con manchas rojas los más hermosos. Algo similar hay en las mujeres serenenses, gallardas, maliciosas y buenas para la tijera.

Lucila clasemediera provinciana y nortina está absorta de luz y poca atención concede a la maledicencia. En su hogar no hay padre y las niñas la miran con una sonrisa de conmiseración y algo de maldad. Pero Lucila juega con ellas a ser reinas de cuatro reinos sobre el mar. No hay distancias que no pueda abarcar su corazón desolado. Algo mágico aprendió del trovador trashumante, don Jerónimo, que como Booz debe haber tenido sus barbas igual que sendas de flores. De la dura lección que ni siquiera oyó de los labios del padre, concibió un reino no humano donde le fue posible vivir. Sin embargo, la poesía no llegaría a llenar las horas de desvelo para esta mujer sin hombre, abandonada en su niñez.

¿Cómo percibía al varón la niña Godoy Alcayaga? ¿Acaso como sarmiento de apoyo para la joven vid? Justamente ahí va a radicar el problema para siempre. Desvalida de sostén, camina la larga existencia por rostros varoniles que se hacen humo. Jamás tuvo para ella el amor que se da en el lecho, en la tristeza y en

---

[2] *Pololo*: novio, enamorado.

las dificultades. Por ello inventó hombres-niños a quienes debe proteger sin esperar de ellos más que peticiones. Una maternidad no realizada en lo físico la mueve a ser madre de los hombres que desconocen su realidad femenina. Para el padre sólo fue una golondrina capaz de fabricar nidos; él no la conoció y tampoco ella conocería nunca el amor total.

Su desvalidez de padre condiciona en Lucila una fortaleza que se va haciendo evidente desde los primeros años. La vaciedad de amor paterno la convierte en dolorosa y valiente, sin que se permita cobijar su cabeza en algún hombro. Sublima aquel desgarro y el deseo del padre deviene en un varón-padre que jamás hallará. Ella es capaz de acunar, pero no ha de tener una cópula feliz porque sus varones-niños únicamente le piden regazo. Su sexo es guardado ferozmente; jamás dará pasión de hembra. Ha quedado como mujer de sal que mira hacia atrás, a la helada estancia de su niñez. Nunca imaginó don Jerónimo, que cataba buenos mostos y tentaba carnes de mujer, que la hija había de arrastrar esa llaga que le impidió darse confiadamente a los brazos de varón. A cuestas lleva siempre el fardo del amor inconcluso y busca su sucedáneo en su amor de maestra y madre postiza. Entonces realiza la metamorfosis que le permite convertirse en Gabriela y ser dueña de una existencia diferente, poseedora del mundo y creadora.

La niña Lucila resumía en su frente amplia y sus ojos plenos de una tristeza que no tiene fin la profundidad de espíritu que le impide tornarse mordaz. El rictus que van a ahondar los años está presente desde pequeña. Una exacerbada madurez distingue su infancia; no sólo debe cubrir su pobreza sino la soledad. Hubo de contener la marea de su alma, un poco para rendir tributo a la concepción de niña buena y señorita decente; otro poco porque no es audaz y su timidez se confunde con orgullo.

GABRIELA MÚLTIPLE

La versión física de Gabriela no correspondía precisamente al esquema determinado para las mujeres de su época. La orfandad espiritual habíala hecho concebir una suerte de desprecio por su corporeidad, mezcla de cierta concepción religiosa que busca en la negación del cuerpo la exaltación del espíritu y un señalado temor a ser burlada, a no ser bella. Evidentemente se conjuga en ello el certero conocimiento de sus valores intelectuales y un ansia desmesurada de amor. El varón que tuvo por escaso tiempo acentuó en ella la desgarrada sensación de estar sola y la carencia de hermosura. Sólo en los instantes del amor sintióse bella. He aquí una vertiente romántica de la que jamás se aparta Gabriela: el amor imprime hermosura a todo cuanto toca. El paisaje comparte los estados de ánimo y a la vez se proyecta poderosamente dentro del ser.

> Si tú me miras, yo me vuelvo hermosa
> como la hierba a que bajó el rocío.
> .....
> Tengo vergüenza de mi boca triste,
> de mi voz rota y mis rodillas rudas;
> ahora que me miraste y que viniste,
> me encontré pobre y me palpé desnuda.

Como toda sensitiva, Gabriela niega en ella la belleza del alma y se entrega a la lamentación de las faltas físicas. Entendemos que en esta mujer tuvo —pese a no ser exactamente una practicante religiosa— una especial influencia la concepción cristiana aquinista del desprecio por la envoltura corporal. Ella y Alfonsina Storni, ambas con un físico poco agraciado, se enfrentaron de manera absolutamente diferente al problema. La Storni se entrega al hombre con un sexo ardiente mientras Gabriela esconde la pulsión tras los velos de un amor de tumba que será el único lecho posible de compartir con el amado. Es el cuerpo que ha de despojarse de toda galanura para volverse polvo. Ese cuerpo con una existencia sonámbula será el único que entre en connubio con el varón. Quizá lo único que tendrá razón, al decir de Quevedo, ha de ser el amor (..."polvo seré, mas polvo enamorado...")

> Tú no oprimas mis manos.
> Llegará el duradero
> tiempo de reposar con mucho polvo
> y sombra, en los entretejidos dedos...
> .....
> ...que he de dormirme en ella los hombres no supieron
> y que hemos de soñar sobre la misma almohada...

Se ha creído que Gabriela fue mujer de un solo amor. Esto no corresponde a la verdad. Con Palma Guillén consideramos que las razones de Gabriela para dejar en silencio los nombres de los otros hombres que rondaron su vera es otra manifestación de una personalidad marcada por la búsqueda y el no encuentro de un hombre demasiado ideal para ser carne y hueso. Es frecuente que este anhelo de perfección anide en mujeres que en el más dentro no quieren hallar compañía y se limitan a una cercanía espiritual a causa de problemas de personalidad no resueltos. Incluso hay quienes aventuraron la idea de lesbianismo en Gabriela, argumentando su amistad con la escultora Laura Rodig y la profesora Pina García. Los largos paseos en compañía de estas mujeres por las playas de La Serena cuando se pone el sol seguramente dieron pie a tal especulación. En verdad nunca llegó a comprobarse una relación más allá de la amistad con ninguna de las mujeres que fueron asiduas suyas en Chile o en el extranjero. Nos inclinamos por una versión distinta que hemos modelado únicamente leyendo su obra: la orfandad de padre en Gabriela condiciona en ella una concepción de varón carente de sexo físico o mejor dicho, un hombre capaz de ser padre, imposibilitado de hacer el amor, al cual ella tiende dentro de una eterna túnica de virgen que no quiere abandonar para que nadie, menos el objeto de su amor, conozca su desnudez.

A Gabriela se la ha tratado generalmente como la maestra de primaria compelida a convertirse en ejemplo de generaciones. Consideramos que ello es un cliché inaceptable toda vez que su yo pugnó siempre por ser oído en su requiebro de amor sin aceptar desprenderse de la saya monástica que le servía para alejar al macho, a quien invocaba con desesperada fuerza. Pensemos que hay también en Gabriela una tendencia mística grande que estaría explicando los laberintos de su ego. Armando Donoso señala que el misticismo "se advierte no sólo en los temas subjetivos que ella trata, sino que pasa como una racha de misterio y religiosidad en los temas objetivos que canta". La verdad es que en Gabriela es palpable una curiosa mezcla de cristianismo, judaísmo, budismo, panteísmo y franciscanismo. La religión judía que ella venera a través de su lectura constante de la Biblia le sirve de punto de apoyo para un concepto de vida más allá de la muerte en la que continúa siendo ella misma sin que necesariamente su presencia se revele en nuevas formas humanas. Por naturaleza Gabriela nunca estuvo de acuerdo con la cristiana dualidad de cuerpo-alma; sin embargo, participaba, quizá por sus propios fantasmas, en la versión del cuerpo proclive al mal y a la desintegración. Cristo es para ella la figura del perdón, necesaria para poder seguir viviendo en la inteligencia de que el suicidio del amado no significará el *sheol* [1] adonde hay llanto y crujir de dientes.

Gabriela realiza una exposición de sus dudas, de su flaqueza de espíritu cuando impreca a la divinidad y, del mismo modo, se acoge al Dios bondad de la concepción cristiana para que conceda el perdón al amado que dispuso de su propia vida.

Un tiempo hubo en que Gabriela sostendría relación con la Sociedad Teosófica de Chile con sede en la capital del país. La pasión que caracterizaba todo acercamiento intelectual la movió a entregarse al estudio de filosofías orientales y la teosofía. Colaboró con publicaciones teosóficas y podemos apreciar en muchos de sus escritos en prosa de aquella época (1907 y 1908) un especial sentido simbólico y religioso. Su amor por el escritor indio Rabindranath Tagore se hace más profundo y su universo personal provinciano y medido se proyecta a posibilidades distintas a lo cotidiano. Empieza a perfilarse la mujer cuyos pies no habrían de estar jamás en la tierra y que sería el ave que

[1] *Sheol*: en la religión judía así se denomina al infierno o lugar de dolor, las tinieblas exteriores.

sin preocuparse de comprar el plumaje puede adornar los cielos y los árboles. Gabriela vestida con el tul del amanecer a mediodía cuando todas se afanan preparando los nutrimentos terrenales.

Condenada por sí misma a la soledad no compartió delicias con varón. El tálamo para ella sólo tendría consistencia de nube, aéreo como su pasar por las cosas y su búsqueda-huida de la carne.

Es factible que esa vocación por la pedagogía estuviera signada por la ausencia de un hijo propio. A esta disciplina llegó, un poco por la fuerza de la necesidad de tener un trabajo que le permitiera subsistir y un mucho por la influencia de Emelina su media hermana que era profesora de primaria y le había dado ejemplo de entrega total, actuando como sostén del hogar abandonado de padre. Su primer trabajo es de escribiente, algo así como secretaria y recepcionista en el Liceo de La Serena, a los 15 años. Pronto tiene que dejarlo porque ha sido sorprendida en el mismo pecado que condenara el capellán de la Escuela Normal: escribir. El curita con saña digna de mejores causas la había declarado "elemento subversivo" que no debía contaminar a las estudiantes. Su base para tal acusación eran los escritos con tendencia al socialismo utópico que Gabriela publicara en diarios locales. Por tal razón le fue negado su ingreso a la Escuela Normal pese a haber aprobado el examen de admisión.

Gabriela tenía la precocidad del desvalido. Sabía que era preciso luchar para llegar y amó la lucha por sobre todas las cosas. Este rasgo de carácter la distanciaba de la mayoría de las mujeres que eran sus contemporáneas. Desde pequeña había asistido a la denodada lucha por no dejarse morir y sostenerla a ella que habían emprendido Petronila, su madre, y Emelina, la hermana.

Gabriela amaba el mar. En nuestra tierra no podemos prescindir de dos cosas que nos determinan el universo desde que nacemos: la cordillera y el mar. La Cordillera de los Andes con cumbres azules que se internan en el cielo con sus agujas coronadas de nieve eterna y la de la Costa, un tanto más antigua y de colores más bien pardos. Ambas representan bastiones y son motivo de sueño. Duras e inmóviles cordilleras resguardando los valles que se precipitan al mar Pacífico que contradiciendo a su nombre se rompe en olas altas encrespadas de espuma que lamen amorosas la estrecha tierra como cintura de mujer. Posiblemente toda la literatura chilena esté marcada por estas dos señales que han decidido el paso de sus habitantes. Entre mar y cordillera como la cueca.

Gabriela ama el mar. Lo ha reconocido en Coquimbo, en La Serena. Seguramente en Pení, en La Compañía. Ese mar nortino abundoso de peces y mariscos, glauco, igual a los ojos de la Mistral. Ese mar le dio la dimensión del sueño cada vez que va a refugiar sus penas en las rocas y moja sus pies en las aguas para sentirse más viajera, más desprendida y transitoria. Caminando por la playa iba la tarde que se topó con el gobernador de Coquimbo. A la sazón Gabriela era una muchachita esbelta de pelo trigueño y abiertos ojos verdes. Lloraba silenciosa y llamó la atención al hombre acostumbrado a las demandas. Ella no pedía nada, pero conmovido le otorga el primer trabajo como maestra en la escuelita del pueblo de La Compañía a pocos kilómetros de La Serena. Esos primeros alumnos campesinos conocieron de la ternura de las hermosas manos de la joven profesora. Las manos y los ojos de Gabriela eran la evidencia única de esa condición femenina que no gustaba de vestidos llamativos que realzaran su cuerpo y prefiere esconderse martirizada en sayales oscuros que no dejan advertir una ágil cintura ni unos senos albos que podría acariciar un hombre o servir de sustento a un infante. Esa Gabriela joven que se desvive más tarde en la escuela del pueblo de La Cantera, de día con los niños y con los obreros que concurren a la nocturna. Dieciocho años tenía y pronto pasaría cerca de ella Romelio Ureta Carvajal, curioso sujeto de sus amores.

Largos años suceden en el ejercicio de la docencia sin que ello le hiciera soslayar su vocación de escritora que, a nuestro modo de ver, es la más fuerte, la que la define totalmente. Entre 1912 y 1918 vive en la ciudad de Los Andes, fronteriza con Argentina, y conoce a don Pedro Aguirre Cerda, quien en ese instante era ministro de Justicia y Educación y a su esposa doña Juanita. Ellos, que más tarde se convertirían en Presidente y Primera Dama, la ayudaron como fieles amigos incondicionalmente. En esa época casi todos los poetas (y nuestra patria está llena de ellos) colaboraban con revistas para tener la oportunidad de ver publicados sus trabajos dada la carestía de las ediciones. *Sucesos de Valparaíso* y *Elegancias* de Rubén Darío la contaron entre sus escritores. En aquel tiempo Gabriela usaba otros seudónimos: Alma, Alguien, Soledad. Siempre me he preguntado por qué algunos artistas usan seudónimo. Dos elementos están presentes en ello: uno que es obvio: querer esconder la verdadera identidad y un cierto afán de embellecer lo heredado. En el caso de Gabriela, considerando el contexto en que se desenvuelve su niñez y adolescencia, resulta claro su deseo de no ser reconocida y señalada con el acusador dedo intolerante. El segundo elemento de embellecimiento es comprensible cuando pensamos en la eufonía que representan Gabriela y Mistral; una cierta dulzura frente a lo vascongado duro y arisco. Algo mágico significa inventarse un nombre, algo así como un nuevo nacimiento, un parto donde lo genésico pierde su fuerza.

Cuando pensamos en Gabriela diplomática nos acontece una suerte de incredulidad. ¿Qué pudo impulsarla a decidirse a tratar con los grandes de este mundo envestida de rangos oficiales? La verdad es que como casi todas las cosas en la vida fue accidental, mejor dicho, fue su incuestionable vocación por la libertad lo que hace que sus pies caminen por latitudes lejanas y abandone la patria tan cara a su corazón. Ella bien supo que a veces la patria "es dulce por fuera y tan amarga por dentro". Y prefirió dejar el mar y las montañas como testimonio de su no aceptación a la injusticia.

Aquello de que nadie es profeta en su tierra resulta perfectamente aplicable a Gabriela, ya que sufrió desconocimientos y desaires por parte de muchos dentro de su país. Contribuyó a eso un carácter fuerte, una condición indomable y la decisión de no transar aun a costa del propio bienestar. Difícil era Gabriela para quien no quisiera descubrir pausadamente la ternura de su alma. Siempre fue resguardada, temerosa de entregar la intimidad, honesta a toda prueba y bastante inflexible. Aventurada tarea abordarla por cuanto huía taxativamente del halago fácil y la lisonja de conveniencia.

LOS AMORES DE GABRIELA

Cuando se habla de alguien que se vuelve personaje, es fácil crear toda una mitología que lo adorne. Con Gabriela es imposible. Su vida sentimental fue parva. La gente del Norte y de esa época era "fijada" como se dice en Chile; las jovencitas debían prepararse para el matrimonio y guardar celosamente su condición de vírgenes. Como es natural, ni todas llegaban al matrimonio ni todas eran tan celosamente vírgenes.

Para Gabriela, o mejor digamos para Lucila Godoy Alcayaga, arduo debe de haber resultado imaginarse como dueña de casa en el tradicional sentido de la frase, con la contundencia de la española conseja: "Dirás madre ¿qué es casar? Parir, hija, hilar y llorar"... Lucila desde su romanticismo adolescente concibe un amor lejano a toda sospecha carnal. Amor difuminado que carece de la consistencia de la materia y se detiene en los elementos naturales para impregnarlos de amor.

> Detrás de él no fueron más
> azules y altas las salvias.
> ¡No importa! Quedó en el aire
> estremecida mi alma.
> ¡Y aunque ninguno me ha herido
> tengo la cara con lágrimas!

Este amor bucólico es el primero de Lucila, que tendió las manos pedigüeñas al padre que deja el hogar por desamor. Aquel hueco enorme que abarca toda la vida de esta mujer tiene su origen en una figura sin rasgos faciales que desaparece en sus sueños dormida o despierta, inasible, perdido en la sombra de mundos que escaparán constantemente a su percepción mutilada por la ausencia de genitor. La imagen funambulesca se alarga como serpiente y su sexo intocado experimenta la urgencia, el asedio de cuerpos sin rostro, masculinos y emasculados que se ahogan entre las manos que han dejado de pedir ante la certidumbre de la negativa. Electra permanentemente de luto, como las viudas del Norte, como toda abandonada. Luto que ella deriva en trajes que niegan la presencia de su cuerpo joven. Preciso es matar el deseo propio y ajeno. Entonces estricto traje sastre de colores pardos, boina que oculta los cabellos casi rubios, escasa sonrisa, aversión hacia los frutos de otras por miedo a tener uno propio.

Esa fijación en el padre condiciona en Lucila su constante ensoñación, su perderse en las páginas de la filosofía y de la historia, negándose hasta el placer de la caricia. Ella teme al incesto porque ama al padre inexistente y lo ve en cada varón; de ahí que cierre hermética la puerta al placer y busque la sublimación desesperadamente. Don Jerónimo desde su sitio de neblina la ha de mutilar inexorablemente y aparecerá en cada intento de relación con su cara sin forma.

Imaginemos una estación del Norte con su carga de salitre y gris. Con locomotoras de carbón que se anuncian sonoras cuando entran a la humilde construcción y el señalero prende su linterna para que avance sin cuidado. Un día cualquiera, al igual que las señoritas de la localidad, debe de haber llegado Lucila porque el tren significaba la posibilidad de correr más lejos el horizonte. El olor del coque y el vapor que se escapa envolviendo en una niebla blanquecina la estación la hicieron sentir una pequeña cosquilla en la nariz. Desde la ventanilla un joven delgado y pálido, con bigotillo muy bien cuidado, observaba la graciosa comba del cabello claro que desde la nuca a la espalda se convertía en una trenza gruesa y brillante. Lucila percibió la mirada castaña que recorría sus miembros finos y su rostro donde la fina cara de la hermosa madre se había disuelto en rasgos casi indígenas de no haber sido tan claro el colorido. Ese abuelo mestizo que también abandonó a la abuela por amor habría de estar presente más tarde cuando ella tocada por el dolor escribiera por todos los dolores del mundo. La muchacha sintió que el reloj de la estación había detenido las manecillas y con toda la maravilla del descubrimiento diseñó en forma indeleble los rasgos del joven que la miraba desde el tren. Ingenua y franca, le pareció absolutamente natural acercarse a diario a la estación hasta que se produjo el milagro. El joven bajó y comenzaron a hablar en los escasos minutos que paraba el convoy en la estación. La cita inaplazable se cumplió otra tarde cualquiera y comenzó una forma nueva de vida para Lucila. A los 18 años había descubierto por primera vez en el mundo, como lo hacemos cada vez que descubrimos el amor, que las estrellas tienen nombres, que uno puede regalar estrellas y que la Luna nos cubre de plateada belleza cuando bañamos en ella los ojos.

Romelio Ureta. Romelio Ureta Carvajal. De clase media modesta que no llega a terminar el liceo. Moreno pálido, intrascendente, galancillo de pueblo que se atusa el bigote cada vez que inicia una conquista. Pelo liso y suave que gusta de untar de brillantina cuando va a las fiestas. Este Romelio que seguramente hubiera muerto padre de hijos tan intrascendentes como él, ha superado su trivialidad, vestido de luz por la mano de la escritora. Las tímidas caricias que le prodigara en los pocos días del amor serán magnificadas en la mente de la mujer mutilada y cobran fuerza en los versos que más tarde la hará brotar la muerte. Quiero preguntarme ¿qué llamó la atención de Lucila para un amor tan grande? Romelio no era precisamente un ejemplar de belleza y su cultura seguramente no alcanzaba la que Lucila había logrado gracias a su constante sed de conocimientos. ¿Qué pudo haber en la mirada de Romelio que hizo estremecer a la muchacha? La respuesta no es difícil de hallar. El joven sólo llegó a significar el referente corporal del sueño largamente tenido y muerto ante la realidad. Y bien pudo darle la tibieza de las manos oprimidas, el beso de la hora del crepúsculo, la cercanía a lo temido, el desafío a sí misma. Alfonsina Storni amó y concibió un hijo; Juana de Ibarbourou, excelsa en su languidez, se enamoró de su propia belleza; Delmira Agustini se entregó al placer, desenfrenada, magnífica; Lucila se enamora de su propio ideal. Romelio Ureta apenas si llega a ser su materialización.

En aquella época que ha quedado en las viejas postales y los retratos en sepia desvaídos, cuando el romanticismo llegado tardíamente a través de revistas y folletines invade las cabezas juveniles, la estampa de Romelio Ureta debe haber resultado atractiva sin duda. Por ello no es Lucila la única enamorada; el joven tiene aventuras con muchas que con certeza le brindaron bastante más que tímidas caricias y besos infantiles casi. La fugaz relación ha de estigmatizar a la escritora y aunque alejada de él, continúa escribiéndole poemas y soñando con ese varón inasible que había aguardado desde niña.

En nuestro país la honradez es un valor que se enseña y se cultiva en todas las clases sociales, particularmente en la clase media para la cual constituye único blasón. Así pues, la mínima sospecha de deshonor hace que el inculpado quede señalado de por vida. Romelio Ureta pertenecía a una familia de clase media baja. En el hogar escuchó siempre que a un joven de "familia decente" sólo podía sostenerlo la honradez; que eso lo distinguiría de las personas que fincan su estabilidad social en el dinero o de quienes perteneciendo a clases "no decentes" poco podía importarles su honra. Es curioso cómo a nuestro país se ha trasladado el viejo concepto español del honor: los pobres hijodalgos estiman como valor supremo la honra pese a que sus calzas ya no son tan blancas y lucen zurcidos.

El joven Ureta rompedor de corazones necesitaba dinero para moverse con tranquilidad en el proceloso mar de las conquistas provincianas. Le gustaba competir y resultar triunfador especialmente sobre jovenzuelos más adinerados que él y de mejor prosapia. Lucila sólo se contentaba con una flor, pero las damiselas que él frecuentaba exigían invitaciones caras y regalos. Además, Romelio era jugador. Con frecuencia las deudas lo acosaron y salía airoso con la ayuda de familiares y amigos; más de alguna vez Lucila socorrió sus urgencias cubriendo con piedad una relación que no tendría mayor destino que sus versos escritos al borde de la madrugada cuando podía entregarse a la ensoñación y la figura de Romelio adquiría tonos azulados y aparecía un cuerpo por ella inventado en el que las pequeñeces del hombre real no aparecen. Este hombre que ella crea es el sujeto de los apasionados poemas que conocería el mundo entero. El verdadero Romelio escasamente podría inspirar media cuartilla; pero entonces nos preguntamos: ¿cuál sería realmente el verdadero Romelio? Para Lucila indudablemente el que ella había dibujado sin la presencia física del amado. Del desprecio y vergüenza por su propio cuerpo es inevitable que surja esta pasión por una realidad que excede la contextual y le permite dirigir su propio sueño. Delmira Agustini fue hermosa con la sensualidad derramándose por la frondosa cabellera y los ojos que no duermen de noche por hacer el amor. Su antítesis es Gabriela Mistral que ama en el silencio y convierte a un desleído joven en sujeto de una pasión destinada a tener eco en miles de personas totalmente ajenas al romance. He aquí una de las formas habituales en mujeres como la Mistral, Sor Juana Inés de la Cruz, Mariana Alcoforado. Aman en cierto modo una entelequia, pálido reflejo de lo inmediato y por arte de su enclaustramiento espiritual son capaces de elevarla a una quinta potencia de creación estética. Nunca quedarán satisfechas y su constante penar ha de tener como consecuencia el florecer creacional: son diosas-dadoras, mujeres con vocación de padre motivada por la ausencia o el abandono del progenitor.

Romelio está embargado de deudas. El estrecho tránsito de la provincia no le permite la huida. Preciso es salvar a toda costa la honra precaria que aún le resta. En las prolongadas siestas nortinas, cuando las niñas aprovechan para regar los malvones y cardenales del balcón y ver pasar al pretendiente, Romelio camina agazapado con el sombrero caído sobre los ojos para que no lo reconozcan. Por las tardes sigue gustando el buen anís y la conversación si no ha de cumplir con sus obligaciones como empleado de ferrocarriles. Los acreedores son implacables y suspenden el jolgorio cuando aparecen y le señalan perentorios plazos. Las bellas que lo acariciaron se han vuelto elusivas y entonces torna a perseguirlo la imagen de una muchacha alta y delgada que tiene inmensa la mirada y verde. Lucila desventurada en su poesía se ha hermanado con el prófugo de la tranquilidad y se produce un curioso interludio entre la muerte de Romelio y la vivificación del amor de Lucila. Cuando todos lo han abandonado y él pide al Padre que le aparte ese amargo cáliz, Lucila lo bebe con la pasión que la caracteriza.

Ahora las citas son más fugaces, más a escondidas y la sensitiva se complace en este amor convertido en cilicio que hiere las carnes. Místico y masoquista placer de la abandonada sin padre, sin hombre para toda la vida. Allí está Lucila alimentando las chispas últimas que preceden a la muerte. Casi nadie sabe que continúan viéndose. Ella gusta de regalarle aquellas cursis y deliciosas tarjetas alusivas al amor, coloreadas con los incipientes procesos de la fotografía de la época. Amorcillos que coronan a la pareja bajo los árboles de un parque. Lucila enamorada del mar que se lleva a la cama su temblorosa calentura, se torna sonámbula asida a un hombre vestido de arlequín en pos de la colombina que no es ella. Lo asedia con versos; triste asedio del cual el muchacho no se percata. Sin embargo, a ella vuelve los ojos, áncora que puede salvarlo, sostén de un edificio destinado al derrumbe.

Las deudas que han crecido a límites insostenibles lo empujan a una determinación desesperada. Una noche del Norte con la Luna convertida en amarillo narciso, Romelio el perdedor, el escapado de la vida, toma "a título de préstamo" una fuerte cantidad de la caja de los ferrocarriles. Con la mejor intención de reponerla apenas le sea posible. No cuenta con la inexorable guadaña de los libros de contabilidad, y al verse perdido, toma otra decisión desesperada: el suicidio.

En la soledad de todos los suicidas no podemos imaginar cuáles habrán sido los pensamientos últimos de Romelio Ureta. En un bolsillo del gastado terno marengo oscuro había una tarjeta escrita por Lucila. ¿Qué había hecho que el enamoradizo Romelio guardara esas líneas de la herida mujer? A lo mejor simple casualidad, pero también pudiera ser una prueba de alguna forma de amor de quien se sabe infinitamente por abajo de la criatura que le ha tocado conocer y que lo ha hecho sujeto de acendrado amor. Deslumbramiento que incita a la huida por no sentirse gobernante de la situación de amor. Sólo restan las lucubraciones. Los últimos pensamientos han de quedar para siempre en el vacío. Y entonces el grito violento, la imprecación a un Dios sordo a quien reclama la salvación para el amado.

> ¿Cómo quedan, Señor, durmiendo los suicidas?
> ¿Un cuajo entre la boca, las dos sienes vaciadas,
> las lunas de los ojos albas y engrandecidas,
> hacia un ancla invisible las manos orientadas?

Nuevamente el abandono. La soledad más profunda porque ya había conocido el amor, resignada como estuvo a no saber más que de obligaciones. La única forma de volcar ese torrente que la inunda es escribir. Y así la desheredada sin padre, ahora sin el hombre que hubiese podido convertirla en real mujer, se interna por los caminos de la poesía, único recinto donde se mueve ágil y segura.

En las tardes nortinas las niñas preparan los licores que perfumarán las noches de la fiesta familiar. Las mistelas de verde y ámbar, los guindados fragantes, el apiado. Lucila camina sola como lo ha de hacer por el resto de sus días. Existe un abismo entre su percepción femenina y la habitual entre sus congéneres mejor favorecidas por la suerte. Mujer de dolores la llamaríamos, discurriendo por el desierto de su ámbito interior.

Pero Lucila ya es Gabriela. Al borde de 1913 o 1914 deja su nombre familiar. Lectora fervorosa de D'Annunzio se fascina con la elegancia y el rebuscamiento del poeta italiano que en su soberbia y egolatría se identificará más tarde con el fascismo tan combatido por Gabriela. Seguramente la encanta la sonoridad del verbo utilizado más como adorno que como concepto y fondo. Ella se iba a apartar definitivamente de este amor intelectual ante la mezquindad de la ideología del italiano, pero para entonces, cuando aún él no la había defraudado, adopta su nombre y enamorada al mismo tiempo de un francés dulce y profundo, borra su apellido paterno y lo cambia por el de Federico, que sabe a viento y mar, el apellido que habría de hacerla conocida en todos los rincones de la Tierra: Mistral. Nombre arcangélico con ruido de viento ciñe su vida y su poesía. Ya nadie más le diría Lucila.

En 1939 viaja de Niza a Brasil para hacerse cargo del consulado chileno, primero en Niteroi y luego en Petrópolis. No va sola. Con ella está desde muy pequeño Yin Yin, sobrino suyo, Juan Miguel Godoy. Curiosa figura de adolescente. Misterioso origen. Muchos pensaron que Yin Yin era hijo realmente de Gabriela. Lo amaba, lejana a la intelectualización de este amor. Con él había viajado y constituye principal preocupación para ella tan celosa de cuanto ama. Yin Yin, como ella le decía, corriendo por la casa consular. Yin Yin desapareciendo como todos los adolescentes que comienzan el descubrimiento del nuevo mundo propio. Yin Yin asaltado por la eclosión de las hormonas. Gabriela vigilante y madre cumpliendo los deseos del muchacho, ella tan ceñida y estricta, embobada ante el florecimiento del joven.

Por vez primera tenía una vida humana en las manos. No habría osado gobernarlo. Dejaba fluir el curso de arroyo parlotero aunque le diera los mismos dolores de cabeza que cualquier adolescente da a su madre.

Inaugurado amor distinto al de Romelio, pero conservando algunos de sus rasgos. Sabemos que Yin Yin la adoró y gustaba reclinarse en ella, pero escondía gran parte de su transcurso diario. Gabriela conocía sólo una parte de Juan Miguel Godoy, hijo o sobrino, no importa lo que realmente hubiera sido. En él se cumplía aquel deseo exacerbado por el quiebre del amor.

¡Un hijo, un hijo, un hijo! Yo quise un hijo tuyo
y mío, allá en los días del éxtasis ardiente,
en los que hasta mis huesos temblaron de tu arrullo
y un ancho resplador creció sobre mi frente.

Porque pese a todas sus represiones y carencias Gabriela no había sido ajena a la carne con su dulce mandato. Entonces Yin Yin es el hijo liberado de la muerte por el milagro tejido por la mujer solitaria que temió por la suerte de un hijo "con tu corazón, el fruto del veneno y tus labios que hubieran otra vez renegado". Gabriela amante tuvo pavor a la condena social, especialmente dura, implacable e hipócrita que se ceba en el hijo que ha parido el amor sin la bendición o el anillo. Doliente hijo que tal vez la hubiera increpado como ella hizo a su padre

¿Por qué ha sido fecunda tu carne sollozante
y se hinchieron de néctar los pechos de mi madre?

Yin Yin ha venido hijo de una no desposada, hijo del sueño, figura también funambulesca del universo nocturno de Gabriela. Viene desde la rama paterna. Godoy trashumante, ebrio de descubrir, embelesado ante lo eterno y nuevo. Gabriela tiene para él un regazo pleno, una complicidad amorosa, condición fundamental para el diálogo. Y las tardes nortinas cuando se conversa bajo el toldo soleado son transferidas a este lugar de Brasil con el común denominador solar. Con abanico de palma en la mano semirrecostada, como es su costumbre, Gabriela escucha a Juan Miguel. Es el retoño último después que su hermana Emelina y la madre han muerto. La rama dorada que procede del misterio de la eterna partida de don Jerónimo Godoy. Algún rasgo ella advirtió que lo asemejaba al padre amado en silencio, vituperado en alta voz. Ese rasgo que sirve para dar la tónica a quien será viajero y jamás ha de establecer morada; el que da amor pero de paso, el que abandona inexorablemente. Ella, raíz que pugna por no dejar el suelo y está destinada a las alturas. De esta unión de contrarios surge Yin Yin con los ojos abiertos también al misterio. Las tardes en Niteroi, los domingos en Petrópolis, las lecturas a dúo, las reconvenciones, el cielo, la angustia cuando se tarda en llegar al hogar, los amigos, los sueños compartidos, el discurrir de su infancia en tantos países que había conocido con Gabriela. Yin Yin ciudadano de un mundo que lo aterra.

En Alemania un paranoico ha decretado el surgimiento del Reich de los 1 000 años y toda la Tierra entra en involución. Los caminos de Europa son invadidos por patas de ganso enfundadas en botas militares. Al cordero se lo marca con la swástica, el signo de la muerte. Los gitanos, los judíos, los negros, los comunistas deben ser exterminados. Se separa la luz de las tinieblas. Gabriela no permanece ajena al doloroso trance de la humanidad y su voz de mujer y escritora se alza en reclamo de la libertad y los derechos humanos. Yin Yin toma también la bandera de la libertad.

Es una época convulsa en la que hasta los más pequeños han tomado su puesto. En el liceo que frecuenta Juan Miguel hay alumnos nazis y partidarios de los aliados. Se trata de una edad, la adolescencia, en la cual se define la vida entera. Por eso las reuniones en las tardes; la acalorada discusión, la expresión de sentimientos encontrados, la urgencia por ser. Juan Miguel lector constante. Yin Yin acariciado por las hermosas manos de Gabriela que rechaza la opresión y lucha por la libertad, otorgadora de vida a muchos judíos por quienes ha intercedido dando dinero para sus pasajes y liberarlos de campos de concentración. Juan Miguel sabedor que no existen razas superiores, Yin Yin envuelto en el amor de una mujer que puede ser su madre, pero también es confidente, la que escucha sus a veces descabelladas aventuras. Gabriela, que tiene siempre una palabra de perdón para sus locuras juveniles.

Este Juan Miguel querido y mimado por Gabriela (primera vez que ella, la dura y ceñida mujer fuerte se daba este placer), tiene un círculo que lo apoya y otro que lo perseguirá implacable. El nazismo se ha infiltrado en algunos segmentos de la sociedad latinoamericana y por ello, muchos alumnos creen en la verdad de este reyezuelo con pies de barro que pretende imponer a Odín, suprema deidad guerrera, a todo el mundo. Juan Miguel se ha enzarzado en violentas discusiones, en grescas callejeras con el grupo de simpatizantes del nazismo. Yin Yin tiene 17 años, mucha pasión y una fuerza de espíritu que lo hermana con Gabriela. De ella ha aprendido muchas cosas; en primer lugar, a amar la libertad y respetar al prójimo.

El grupo de nazis liceanos ha sitiado por fuerza a Juan Miguel, que es objeto de insultos y violencia. Su honor está en peligro; debería matar a los ofensores pero elige eliminarse a sí mismo cometiendo suicidio, el 13 de agosto de 1939. Desde que lo llevaron al hospital en grave estado, Gabriela no se mueve de su lado, enjugando su frente, acariciando su mano hasta que debe cerrarle los ojos que tenían todo el infinito dentro.

La huella de Yin Yin habría de quedar como herida constante

>   ¿Por qué trajiste tesoros
>   si el olvido no acarrearías?
>   . . . . .
>   Vilano o junco ebrio parecía;
>   apenas era y ya no voltijea;
>   viene más puro que el disco lanzado,
>   más recto, más que el albatrós sediento,
>   y ahora ya la punta de mis brazos
>   afirman su cintura en la carrera...
>   . . . . .
>   Él va y viene toda la noche
>   dádiva absurda, dada y devuelta,
>   medusa en olas levantada
>   que ya se ve, que ya se acerca.
>   Desde mi lecho yo lo ayudo
>   con el aliento que me queda,
>   porque no busque tanteando
>   y se haga daño en las tinieblas.

De nuevo la supresión violenta de la figura amada de su universo apenas iluminado. Otra vez las sombras que constituyen la noche que ella transita, doliente conocedora de cada rincón. De nuevo el inasible amor que la abandona y le rememora al padre dejador, tránsfuga, que la reniega y la proyecta al mar de la soledad. Guignol sonámbulo con muertas figuras que sólo cobran vida por las noches a partir del lecho desvelado de la poetisa que a tantos conoce pero que permanece en soledad.

De la muerte de Yin Yin nace su propia muerte. El exaltado dolor condicionará la enfermedad que ha de llevarla al puerto umbral de sus nuevas vidas. En lo poético, *Lagar*, aparecido en 1954, recoge el dolor por la partida de este sujeto de su amor.

Cuesta establecer los márgenes para este amor que vivió por Juan Miguel. La verdad es que todo amor implica múltiples formas, así hijo, amante, padre, hermano, amigo. Lo único que puede interesarnos realmente es la huella de él que podemos apreciar en poemas; la pequeña historia no tiene mayor importancia.

¿Y qué ocurre después con el amor en Gabriela? ¿Es posible escarbar en la tumba que ya ha pasado a ser monumento de toda la humanidad? Creemos que en todo ser humano la capacidad de amar jamás acaba porque si esto sucede se rompe el ciclo vital y la persona fallece aunque siga arrastrando el esqueleto cubierto con ropaje. Gabriela, al decir de Palma Guillén, tuvo nuevos proyectos amorosos que guardó en el más estricto silencio, al igual que aquel borroso enamoramiento que tuvo antes de partir para la Patagonia. A distintos hombres amó y por su condena solitaria y la necesidad de sublimar cuanto más la hundía en la angustia, creó un solo sujeto de amor con una cara sin rostro que la asalta cada noche en el lecho vacío; la huérfana que tiende a lo jamás encontrado; la desvariante que se halla incapaz de comunicación, aunque los labios fueran vertientes de palabras que habían brotado de lo más dolido e íntimo

> Muro fácil y extraordinario
> muro sin peso y sin color:
> un poco de aire en el aire.

> Pasan los pájaros de un sesgo,
> pasa el columpio de la luz,
> pasa el filo de los inviernos
> como el resuello del verano;
> pasan las hojas en las ráfagas.
> y las sombras incorporadas.
>
> ¡Pero no pasan los alientos,
> pero el abrazo no va a los brazos
> y el pecho al pecho nunca alcanza!

Pese a su voto de desolación, Gabriela sí "volvió a mirar su corazón" y estuvo escindida entre la entrega, la desesperación y el destruirse para tornar a nacer.

Una de sus etapas amorosas más plenas fue la de sus 30 años, que también ha de dejarle amargo resabio por la eterna incapacidad de retener al amado, por su saya gris que no deja abundar al cuerpo y la separa dolorosamente del connubio

> ¡Mira! De cuantos ojos veía abiertos sobre
> mis sendas tempraneras,
> sólo los tuyos quedan. Pero, ¡ay! se van
> llenando
> de un cuajo de neveras...

Acibarada trova que la desvela y la convierte en mendiga habiendo sido reina y se avergüenza de su boca y vuélvese hermosa por el milagro de amor.

Hombres diferentes los amados por Gabriela, pero únicos todos en la conversión que de ellos hace: de la realidad a la fantasía, de la vida hacia el poema. Venganza magnífica que sin proponérselo ha logrado esta mujer a través de la dimensión del tiempo: ahora ellos siguen existiendo en razón de sus rimas

> Se hará luz en la zona de los sinos, oscura;
> sabrás que en nuestra alianza signos de astros había
> y, roto el pacto enorme, tenías que morir...

¿Habría de ser ése su destino? ¿Matar lo amado, hundirlo muy profundo para formar el canto?

> ...¡porque a ese hondor recóndito la mano de ninguna
> bajará a disputarme tu puñado de huesos!

HILABA LA PARCA DESDE LA CUNA

Valle de Elqui. Norte chileno donde quedaron las huellas del paso de los quechuas y vibra el lamento de la quena y la zampoña. Al mundo viene Gabriela desde las profundidades de la vertiente indígena por el abuelo mestizo que tuvo, del cauce vasco y hebreo que corría por la sangre de doña Petronila, su madre. Y por don Jerónimo, el padre, relámpagos de cabalgata hacia cielos siempre distantes. La tierra que representa a la vida comienza muy pronto a escapársele haciéndola pasajera de otros rumbos más cercanos al final de la dimensión temporal.

A ella le gustaba recordar al abuelo mestizo con su caudal de fatalismo, herencia de la raza despojada. Su rostro blanco y anguloso deja entrever la sangre indígena. En el pelo sedoso, trigueño, en las manos y en los ojos yacían los rasgos maternos, venidos de algún acantilado vasco entremezclado con la andariega sandalia de los antepasados judíos. Curiosamente, todas son razas de lucha y dolorosa sobrevivencia. En ellas aprendió Gabriela a conocer la muerte. Después supo del abandono, peor aún que la muerte.

Sin embargo, no son determinaciones raciales las que introducen a Gabriela en estas sendas que van más allá de la existencia. Posiblemente aparte de las enseñanzas bíblicas de la abuela aprendió el verbo cristiano de boca de la hermana y de la madre y andando los años, impregnada del evangelio del Buda y de religiones de la India comenzó a saborear otras formas de trascendencia.

Pero, más allá de lo que las doctrinas religiosas pudieron darle, estaba la conciencia de su propia persona. Todo se inicia a temprana edad cuando advierte que todas las presencias terrenales son finitas. El padre es el primero que le hace saber cuán pasajera resulta la existencia, cuán rápidas las horas que con ella está. Frente al mar de La Serena se da cuenta de aquello que Jorge Manrique señalara siglos antes: "...Nuestras vidas son los ríos que van a dar a la mar que es el morir..." Nada hay en ella que se parezca a las yemas antes de florecer. Es seca y ha guardado la ternura como miel en el odre claro de su alma. Castiga su figura esbelta con ropones parecidos a la viudez; aprende a dejar que los labios sean la imagen de su tristeza; los ojos que pudieron haber sido conquistadores están atravesados de nostalgia. La sonrisa se escapa pero la contiene con su permanente gesto de amargura. Aprende a ser dura hasta con lo que más quiere.

Se apega entonces a las ideas del eterno retorno, a la predestinación, al reencuentro en otras vidas con sus muertos. No se podría pensar en una Gabriela cristiana en el exacto sentido de la palabra; más bien ella representa una búsqueda, un albergue para su sentido perenne de desolación. Por instinto se rebela ante la dicotomía cristiana de tierra y cielo, vida y muerte. Su percepción del alma es corpórea porque ama la tierra y entiende que el cielo es una prolongación de ella. Jamás habría podido aceptar la separación total del alma y el cuerpo como equivalente a la muerte.

Constante el dolor en su carne hace que tienda a una nada redentora de ese mismo dolor

> ... voluntad de quedar con la tierra
> mano a mano y mudez con mudez
> despojada de mi propio Padre,
> ¡rebanada de Jerusalem!

Para Gabriela no existía un límite entre lo natural y lo sobrenatural; todos los elementos permanecen indisolublemente unidos en su interior y sus fantasmas caminan en las noches pero están presentes en su día, aun a sol pleno.

Cuando se ama intensamente y se van produciendo separaciones, tajos, viene a ser imposible aceptar que al ser amado ya no ha de verse más por el hecho de la muerte. Se hace imprescindible que no todo acabe con la consunción de los huesos y el polvo de que estamos fabricados. Razón tuvo para pensar que el padre jamás había dejado de estar junto a ella aunque sus ojos no pudieran reflejarlo. Razón también para que Romelio Ureta surgiera del sudario y yaga cada noche a su costado como lanza que la penetra y revive. Razón para que los iris de Yin Yin permanecieran a pesar que nadie más que ella pudiera gustarlos como antes

> Y cuando viene, lo sé por el aire
> que me lo dice, alácrito y agudo;
> y abre mi grito en la venteada un tubo
> que la mima y le cela los cabellos
> y le guarda los ojos del pedrisco.
>
> Pero ya saben mi cuerpo y mi alma
> que viene caminando por la raya
> amoratada de mi largo grito...

Razón para que su madre "pequeñita como la menta o la hierba" en ella permanezca cerro adelante, tal vez disuelta con niebla en las montañas, cedida al paisaje cardenoso. Razón para que otra querida muerta, su sobrina Graciela, permanezca asomada a las olas como el delfín

> ¿A dónde fueron y se hallan,
> encuclilladas por reír
> o agazapadas esperando
> voz de un amante que seguir?

Muertos y muertes acompañan a Gabriela en el transcurso de su vida; plagada de adormideras su frente ha de espantar a la corneja con su grito funeral. Preciso era no creer en la muerte y aferrarse a los seres amados dotándolos de una vida por ella otorgada aun a costa de su propia vida. Y ha de vivir en un país de la ausencia que no es país

> Me nació de cosas
> que no son país;
> de patrias y patrias
> que tuve y perdí;
> de las criaturas
> que yo vi morir;
> de lo que era mío
> y se fue de mí.

Esa sensación constante de partida y pérdida son las que la hacen tender a la muerte. Bien mirado, sólo la muerte puede darle la permanencia eterna de aquellos que amó. La muerte prolongó hacia el infinito las queridas presencias transmutadas en el alma de Gabriela, vivientes de un mundo también por ella creado donde las separaciones dejan de existir.

Enterradora de sus muertos los transmigra en su propia existencia y les concede la eternidad. Ya pueden convertirse en cipreses o en trigo; presentes estarán en su mesa y en su vista. Porque el hombre se parece al mar a él se acoge para ser acariciada. Curiosa mujer amante de la muerte, única fiel pues

> Y Lucila que hablaba a río,
> a montaña y cañaveral,
> en las lunas de la locura
> recibió reino de verdad.

Curiosa amante de la muerte, rodeada, acosada por ella hasta desvestirse en las noches para que lleguen los amados con los párpados pesados de mortaja. Ella abre los ojos de sus muertos para comenzar el rito del poema y permitirles seguir viviendo.

> ... Ahora yo te hablo con los ojos cerrados, olvidándome de donde estoy, para no saber que estoy tan lejos; con los ojos apretados para no mirar que hay un mar tan ancho entre tu pecho y mi semblante...

Mundo con caminos diferentes que permite el enlace perfecto entre la realidad contingente y lo mágico, lo sobrenatural. En ese refugio se cobija Gabriela y desde allí escribe. La muerte se convierte en otra forma de vida para que ella pueda juntar entre los dedos el cielo y la tierra, para que pueda transcurrir libremente entre ambas orillas en un círculo que jamás acaba y se vuelve espiral en movimiento donde es posible el reencuentro.

Muerte que la obsesiona y la desprende un poco más de las vanidades en que discurren muchos, pendientes de la sonoridad de un nombre o las galas que han de deshacerse en la tumba. De aquel desasimiento brota la estremecida voz que canta al amante perdido por causas baladíes, a la madre que ya no ha de acompañar sus pasos, la hermana que no dirá sus enseñanzas, del hijo postizo que no acuna por muchas lunas y le es arrebatado por manos extrañas que se tornan guadaña en la propia mano del adolescente. Pasión desenfrenada que ha de liberarla cada día de las cotidianas ocupaciones y la vuelca a la dimensión que no necesita del tiempo ni el espacio. Gabriela, que más tarde entra en su muerte tantas veces vivida en cada desgarro, en cada partida no buscada. Ella debió renunciar a ser la otra, la de mieles para convertirse en espinoso cactus y concentrar su líquido para abrevar la sed de quienes ingresan al distinto camino que queda en el límite del infinito.

Allí nos hemos detenido unos instantes para verla no en un monumento sino en la tremenda desnudez de sus manos procuradoras que se quedaron aguardando al bienamado sin rostro y a quienes surcaron vecinos a sus aguas, tangentes siempre, eternamente ajenos.

GABRIELA DE TODO EL MUNDO

Latinoamérica fue parida entre metralla y cielo, producto de violento connubio que se ha de expresar en patrias iguales y distintas, con los rasgos de quienes murieron por darle vida. Surgió abundosa de frutos, contradictoria, sometida, rebelde y liberada. Cada patria de Latinoamérica es un ojo hacia el mundo con colores diversos. Sólo el espíritu permaneció idéntico a sí mismo.

Quienes hemos nacido por estas tierras pertenecemos a un país que nos dio leche y a una gran patria que nos incita al gran horizonte. Amores inmensos ambos; compromisos enormes los dos.

A esto no fue ajena Gabriela. Pequeña amante de la naturaleza que ve desparramarse por los rincones de su pequeño mundo provinciano y familiar a corta juventud empieza a conocer al hombre. Al que siembra los campos, al que vende su fuerza de trabajo, al que enseña, al que malbarata los dones, al enfadoso, al mártir y al villano. Cercados en valles estrechos, precipitados entre cordillera y mar, los chilenos. Mar azul en los fiordos, lleno de frutos sabrosos, prados inmensos, destierro, archipiélagos y cielos que no se cansan del azul. Amó Gabriela con toda la intensidad de que era capaz al suelo patrio y sufrió desengaños como en toda empresa amorosa.

Su profesión le permite recorrer casi todo el territorio de Chile y su gente. De ello se nutre gran parte de su obra y no sabemos decidir qué fue más importante para ella, pues los poemas y la prosa revelan que nunca pudo separar artificialmente al ser humano y su entorno. Ambos estaban hipostasiados en su razón y en sus emociones. Así nos lo entrega.

Cada vez que pisa una nueva provincia, cada vez que se deja acunar por los lagos y escucha la lava ardiente que baja del volcán sureño se estremece porque todo es regalo para ella tan recogida y silenciosa en su contemplación. Pero el mejor presente es el ser humano e imposible resulta pasar junto a su desvalidez sin conmoverse y dejar testimonio de su repulsión por la injusticia

> Piececitos de niño,
> azulosos de frío,
> ¿cómo os ven y no os cubren
> Dios mío?

Cuando llega a Traiguén, ciudad de bosques y miel de ulmo, en el húmedo y lluvioso sur chileno, alguien que más tarde sería poeta del mundo nos la describe con el arrobamiento y la sencillez de muchacho que era entonces. Al principio le tuvo miedo; tanto respeto imponían sus ropas talares y las comisuras caídas de los labios, la seriedad y la profundidad de la voz. Poco después conoce su sonrisa y ha de llamarla hermosa: Pablo Neruda, que siendo tan joven no se atreve a la amistad con esta mujer itinerante.

Así va esta Gabriela repleta de canciones y vestida de oscuro. No es fácil adivinar la estación de la primavera en esas ropas sin brillo y modestas. Sin embargo, desde la infancia, la triste ha descubierto el canto de la alondra y se ha asomado a ver a Doña Primavera tan hermosa en el país nuestro; la estación que nos hace olvidar las nieves, ebria de colores

> Doña Primavera
> viste que es primor,
> viste en limonero
> y en naranjo en flor.
> . . . . .
> Salid a encontrarla
> por esos caminos.
> ¡Va loca de soles
> y loca de trinos!

Por Chile camina y conoce a los hombres que hacen poesía y a los que gobiernan. Pero no siempre ha sido primavera en nuestro país y en Latinoamérica. Malos vientos de intolerancia han cruzado con frecuencia los abiertos campos y han hecho del hombre un prisionero de déspotas que calzan botas. La larga tradición civilista de nuestro país se vio conturbada por la ambición de algunos que han querido tener a la patria encadenada en diversos periodos de su historia. Desde los blancos solares del

Norte habría de bajar la voz de alerta para los hombres de buena voluntad. Recabarren y, antes, los anarquistas son los padres del movimiento obrero que ha de ser guía y espejo de cuantos más tarde se alzaron contra los tiranos.

Después de los años de la democracia populachera de Arturo Alessandri, matizada con *massacres* obreras, viene la época del cuartelazo ibañista. A Gabriela se le ofrece el cargo de embajadora plenipotenciaria de Chile en América Central. Ella estaba residiendo en Europa como miembro del Instituto de Cooperación Intelectual, dependiente de la entonces Sociedad de las Naciones. Ejercía como jefa de la Sección de Letras Iberoamericanas. A los 36 años de edad participaba con Henri Bergson, Paul Claudel, Gonzalo Zaldumbide, Alfonso Reyes, entre otros.

Seguramente la virtud más relevante de la poetisa fue su clara honestidad. Era imposible, pues, que claudicara en su amor por la justicia y su repulsión ante las tiranías. La dictadura de Ibáñez había conculcado los derechos de todo un pueblo y ejercitado la violencia cerrando universidades, asesinando y mandando al destierro a muchos patriotas. Gabriela, que vivía de una escasa pensión de 1 000 pesos chilenos, se coloca en una admirable posición de dignidad ante el opresor y da testimonio de su vocación por la justicia. Rechaza el nombramiento e inicia una serie de escritos contra el usurpador del poder. Como es de suponer, el gobierno le retira la pensión y pasa a formar parte de quienes serán perseguidos. Desde entonces su peregrinaje por el mundo habría de ser constante.

Gabriela no fue adherente de ningún partido político; no obstante, jamás prestó su pluma a quienes pretendían violar la libertad. Ello le valió el olvido de muchos connacionales y la mirada sesgada de otros escritores que veían en ella una fuerza capaz de avergonzarlos. Hay quienes han querido ver en Gabriela viajera una despreocupación hacia lo nacional cuando en verdad jamás fue ajena a los dolores de la patria y supo representarla en sus valores con prestancia y solidez. El alejamiento no significó desamor. Únicamente fue su modo de protestar en tanto con la ternura de siempre escribió de su gente y de su tierra mientras en cada suelo iba dejando el obsequio de su poesía retratadora de paisajes y circunstancias

Ambas éramos de las olas
y sus espejos de salmuera,
y del mar libre nos trajeron
a una casa profunda y quieta;
y el puñado de sal y yo,
en beguinas o en prisioneras,
las dos llorando, las dos cautivas,
atravesamos por la puerta...

El recuerdo presente de la patria proyectada al mundo la conmueve, la hiere de historia y geografía

¡Cordillera de los Andes,
Madre yacente y Madre que anda,
que de niños nos enloquece
y hace morir cuando nos falta...

Gabriela nos envuelve en el delicioso conocimiento de la tierra latinoamericana y de los hombres que la hacen posible. Su amor por lo que nos da existencia en el mundo se muestra enorme mientras va atravesando el continente. A este amor se consagra, elemento vital cernido entre los habitantes

¡Como el maguey, como la yuca,
como el cántaro del peruano,
como la jícara de Uruapan,
como la quena de mil años,
a ti me vuelvo, a ti me entrego,
a ti me abro, en ti me baño!
Tómame como los tomaste,
el poro al poro, el gajo al gajo,
y ponme entre ellos a vivir,
pasmada dentro de tu pasmo.

Y de ver a hermanos con espaldas cuarteadas y de ver otros suelos alumbrados de metales, viene a decir el verso quemante de la nostalgia, de la patria perdida y siempre hallada; el recuerdo presente de los días de infancia, la soledad del transterrado

¡En el cerco del valle de Elqui,
bajo la luna de fantasma,
no sabemos si somos hombres
o somos peñas arrobadas!

Curiosa forma de hablarle a la patria, al Chile tan amado y esquivo, como al hijo que le provoca dolor y le es tan suyo, como a criatura consentida que se le escapa por los años en la larga noche de su ausencia. Su voz se torna madre para los cerros y los lagos y se hace dulce y enojona como a media voz se dicen los requiebros

> El aire preguntó al aire,
> la llanura viuda, al risco,
> y las liebres demandaron
> a los tres vientos ladinos...
>
> En nuestra luz se borraron
> unos cuellos y belfillos,
> y la Pampa se bebió
> la saeta de tus ritmos.
>
> ...y el huemul corre alocado,
> o gira y se estruja en cedros,
> reconociendo resinas
> olvidadas de su cuerpo...

Cuán cierto resulta en las palabras de esta mujer que llevamos la patria adherida al costado como espada que cada día nos traspasa y recuerda que no es posible cerrar los ojos cuando es violada y se la quiere sojuzgar. ¿Quién podría dudar del inmenso amor por la tierra de su nacimiento y todas las tierras que le dieron cobijo cuando el cielo de su país se había oscurecido?

Y no sólo en versos ama a esta América Latina que sabe muy bien se extiende a Puerto Rico aunque lo hagan hablar inglés. Su mesa está a todas horas flanqueada por amigos de todo el territorio latinoamericano. Cerca de ella estuvieron en espíritu Bolívar y Martí, y en cuerpo presente sus chilenos Pedro Prado, Manuel Magallanes Moure, Ángel Cruchaga, Eduardo Barrios, el colombiano Eduardo Santos y su peruano Ciro Alegría, puertorriqueños, venezolanos y su argentina Victoria Ocampo, con Alfonsina mártir y amiga, Palma Guillén, la Palma mexicana que había sido modelo de Rivera, José Vasconcelos, los Méndez Plancarte, Rosario Castellanos, Frida Kahlo con Diego, amigos de tertulias y desvaríos mancomunados, los Cosío Villegas, Lázaro Cárdenas, Rafael Murillo y su mujer, veracruzanos, Alfonso

Junco, por nombrar a unos pocos. Nunca la casa de Gabriela estuvo vacía pese a su soledad enorme. Sabía brindar la valerosa fuerza que la convertía en regazo y la inteligencia de su palabra. ¿Quién podría negarle el título de Mujer Latinoamericana a la que no buscó preseas ni homenajes?

Pero Gabriela conoció tierras que no eran de su sangre e igualmente se le conmovió el corazón y su mente se extasía ante el portento humano. Su pie habría de recorrer Estados Unidos después que el escritor y profesor español Federico de Onís diera una conferencia sobre la obra de esta poetisa chilena, tan distinta en estilo y temática a sus coetáneos. Digamos que Gabriela significaba un vuelco en la poética por su forma desmañada de usar las palabras a las cuales confería más bien un sentido interior. Los alumnos de la Universidad de Columbia, donde fue sustentada la conferencia, acordaron reunir en un libro la poesía inédita y desperdigada por revistas y papeles particulares. Más tarde regresaría a tierra norteamericana como diplomática.

Por primera vez viaja a Europa en 1924 y visita a Francia, Bélgica, Italia, Suiza y España. Aquí se encuentra con los antepasados y principia un romance con la España que descubre en sus niños, en sus mujeres y en los hombres de trabajo. Más tarde, en otro negro momento de España, para la Guerra Civil, el corazón de Gabriela ha de romperse ante el dolor del pueblo Madre, destrozado por el usurpador Francisco Franco.

...ahora entrego *Tala* por no tener otra cosa que dar a los niños españoles dispersados a los cuatro vientos.

...es mi mayor asombro, podría decir también, mi más aguda vergüenza, ver a mi América Española cruzada de brazos delante de la tragedia de los niños vascos... los vascos y medio vascos de la América hemos aceptado el aventamiento de esas criaturas de nuestra sangre y hemos leído, sin que el corazón se nos arrebate, los relatos desgarrantes del regateo que hacían algunos países para recibir los barcos de fugitivos o de huérfanos. Es la primera vez en mi vida que no entiendo a mi raza y en que su actitud moral me deja en un verdadero estupor.

La grande argentina que se llama Victoria Ocampo y que no es la descastada que suele decirse, regala enteramente la impresión de este libro hecho en su Editorial Sur. Dios se lo pague y los niños españoles conozcan su alto nombre.

En el caso que la tragedia española continúe, yo confío en que mis compatriotas repetirán el gesto cristiano de Victoria Ocampo. Al cabo Chile es el país más vasco entre los de América.

La Residencia Pedralbes, a la cual dediqué el último poema de *Tala*, alberga un grupo numeroso de niños y a mí me conmueve saber que ellos viven cobijados por un techo que también me dio amparo en un invierno duro... Destino, pues, el producto de *Tala* a las instituciones catalanas que los han recogido dentro del territorio, de donde ojalá nunca hubiesen salido, a menos de venir a la América de su derecho natural. Dejo a cargo de Victoria Ocampo y de Palma Guillén la elección del asilo al cual se dediquen los pocos dineros recogidos.

Ruego que no despojen a los niños vascos las editoriales siguientes, que me han pirateado los derechos de autor de *Desolación* y de *Ternura*, invocando el nombre de esos huérfanos: la Editorial catalana Bauzá y la Editorial Claudio García del Uruguay, son las autoras de aquella mala acción...

Agradecida habrá estado Gabriela cuando el pueblo mexicano abrió el territorio entero para los exiliados españoles y recogió a un grupo de sus huérfanos en Morelia. Y cuando mucho más tarde nosotros, los transterrados chilenos encontramos refugio en estas soleadas tierras del Anáhuac.

Su vocación humanista se ve reflejada asimismo frente a las atrocidades cometidas por el nazismo contra el pueblo judío en Europa. Nuevamente su raíz familiar y, más que todo, su acendrado amor por el hombre ofendido, por el humillado, se alza valiente en poemas que dejan testimonio de su condena para los genocidas

> Raza judía, carne de dolores,
> raza judía, río de amargura;
> como los cielos y la tierra, dura
> y crece aún tu selva de clamores.
>
> Nunca han dejado orearse tus heridas;
> nunca han dejado que a sombrear te tiendas,
> para estrujar y renovar tu venda,
> más que ninguna rosa enrojecida.
>
> Con tus gemidos se ha arrullado el mundo,
> y juego con las hebras de tu llanto.
> Los surcos de tu rostro, que amo tanto,
> son cual llagas de sierra de profundos.

Constante defensora de los derechos humanos, la escritora fue amiga del patriota puertorriqueño Pedro Albizu Campos y estuvo junto a su familia cuando el gobierno de Estados Unidos lo persiguió hasta llevarlo a prisión y acabar con su vida. Una de las virtudes que la caracterizaron fue la valentía, el desafío al poderoso. Esto le significó infinitas errancias y cambios constantes de países y gente.

Pensando en la dictadura sangrienta de Pinochet que todavía dura imaginamos a Gabriela alzada desde la trinchera de su verso, concitando voluntades, recogiendo firmas y escribiendo como lo hiciera hace ya tiempo

> Yo tengo en esa hoguera de ladrillos,
> yo tengo al hombre mío prisionero.
> Por corredores de filos amargos
> y en esa luz sesgada de murciélago,
> tanteando como el buzo por la gruta,
> voy caminando hasta que me lo encuentro,
> y hallo a mi cebra pintada de burla
> en los anillos de su befa envuelto.
>
> Me lo han dejado, como a barco roto,
> con anclas de metal en los pies tiernos;
> le han esquilado como a la vicuña
> su gloria azafranada de cabellos.

Imposible, pues, para una dictadura como la que aflige a Chile en estos momentos reivindicar como suya a Gabriela. Jamás dobló la cerviz y en su humildad fue orgullosa ante la sevicia de pasadizos y la altanería de gobernadores. Del mismo modo que han hecho con otras glorias nuestras ya fallecidas, tendrían que mutilar su obra para poder llamarla suya. Y ni aun así, ya que cada poesía, la más simple como la más elaborada, dejan testimonio de su pasión por el hombre y sus inalienables derechos.

Solitaria exiliada de gobiernos nefandos y de sí misma, conoce también el quiebre que significa estar más allá de la patria, escuchando voces distintas, viendo distintos soles y lunas no nacidos para ella. Cuando reside en Provenza en el pueblito de Bedarrides y luego en Aix-en-Provence, pese a las flores que encuentra, a su *chalet* repleto de capullos, Gabriela experimenta la angustia de saberse extraña, hablando diferente lengua, con costumbres diferentes, anhelando por una patria que le ha sido esquiva

> Habla con dejo de sus mares bárbaros,
> con no sé que algas y no sé qué arenas;
> reza oración a Dios sin bulto y peso,
> envejecida como si muriera.
> En huerto nuestro que nos hizo extraño,
> ha puesto cactus y zarpadas hierbas.
> ...Y va a morirse en medio de nosotros,
> en una noche en la que más padezca,
> con sólo su destino por almohada
> de una muerte callada y extranjera.

Adelantándose a la década trágica de 1970 para nuestros países del cono sur envueltos en la sangre derramada por las dictaduras militares, Gabriela percibió esa sequedad de alma que se siente cuando a pesar de las manos amigas que se tienden para nosotros en el exilio, no falta quien nos recuerde que somos extranjeros y se nos venga encima la patria con su cordillera a cuestas y sus lagos azules y copihues, con los salares y la pampa, con tamarugo y peces. En ese momento el corazón se aprieta y sentimos deseos de gritar o se escapa el vagido de infante que busca a la Madre, al país y a la residencia.

Gabriela en el mundo quiere decir también un recorrido diplomático que realizó más allá del habitual entorno de este oficio. Su natural modestia no cambió; más bien debe haber sido reconfortante para el compatriota que llegaba a algún sitio donde Gabriela ejercía funciones consulares. Pese a ser tan distintos nuestros dos poetas tutelares, chilenos latinoamericanos en profundidad, Pablo Neruda y Gabriela Mistral tienen numerosos puntos de encuentro, como éste de la diplomacia ejercida a contrapelo del dinero y la elegancia. Más que un personal deseo de figuración, cumplieron con difundir la desconocida cultura nuestra en sitios a los cuales sólo habían llegado como embajadores señorones de vientre abultado bajo la levita.

En 1933 había cambiado en algo la situación política del país y Gabriela viaja a España como cónsul honorario en Madrid y allí vivió aproximadamente hasta 1935. Son los prolegómenos de la Guerra Civil española. En ese mismo año logró tres ediciones de *Desolación*. Pirateando su obra, como suele ser costumbre, en Madrid se había publicado una recopilación de sus versos con el nombre "Nubes blancas" y en 1924, la Editorial Calleja sacó a la luz *Ternura*.

Gabriela no curaba, al parecer, de su endeble situación económica y jamás elevó personalmente una petición para que la patria a la cual había servido con toda la potencia de su intelecto y su corazón decidido le retribuyera monetariamente su trabajo. Era una mujer sola que no recibió dineros de nadie. Entonces varios escritores europeos, entre los que podemos señalar a Romain Rolland, Maurice Maeterlinck, Miguel de Unamuno, Georges Duhamel, Ernest Curtius, Guglielmo Ferreiro, determinan solicitar al presidente chileno Arturo Alessandri el cargo de cónsul pagado. El Senado de Chile creó para ella un puesto de cónsul vitalicio que no podría ser anulado o modificado a menos de contar con la anuencia del mismo Senado. Gabriela respondió a esto trabajando con mayor energía. De su propio sueldo pagaba a un empleado para despachar en la oficina; su labor superó a la de cualquier otro cónsul. De esta forma residió en Lisboa hasta 1937; luego fue a Niza, donde permaneció hasta 1939: empezaba la segunda Guerra Mundial y Gabriela parte a Brasil, haciéndose cargo más adelante en Santa Bárbara (Estados Unidos) del consulado chileno y posteriormente en Veracruz (México), en Rapallo y Nápoles (Italia) hasta finalmente decidir quedarse en Nueva York, donde se desempeña como comisionada en Naciones Unidas. Dicho cargo va a desempeñarlo hasta que muere en 1957.

Junto a sus tareas consulares Gabriela fue una activa conferenciante y así recorre Argentina, Uruguay, Perú, Cuba. En 1938 publica *Tala*, su segundo libro, donando su producto, como señaláramos anteriormente, a los niños españoles desplazados a causa de los bombardeos realizados en tierra española por nazis y fascistas.

Durante la segunda Guerra Mundial, la real corona sueca suspendió el otorgamiento del Premio Nobel. A Gabriela, un grupo de escritores ecuatorianos la propuso, en 1942, como candidata a este premio. Sólo en 1945 se reanudó la entrega del Nobel y entonces la Sociedad de Escritores de Chile y algunos sectores de gobierno la propusieron de nuevo. Curiosamente, poco después de recibir el Nobel en 1945, es propuesta para el Premio Nacional de Literatura en su país.

Gran parte de la obra de la poetisa ya había sido traducida al francés, inglés y sueco. Pese a fuertes corrientes contrarias, la Real Academia Sueca le otorga el Premio Nobel el 10 de diciembre de 1945. Aun en su tierra hubo quienes no estuvieron de acuerdo con el premio por considerar limitada la poética gabrieliana frente a un Borges, por ejemplo. Es interesante ver cómo el tiempo se ha encargado de ratificar las causas por las cuales se le concediera: profunda belleza estilística e indisoluble unidad entre la praxis y el pensamiento.

Por vez primera en su vida viste Gabriela severas galas: una larga túnica de terciopelo negro y su pelo albo ya de canas con el peinado sencillo de siempre. Cuando supo la noticia ella estaba sola en la casa de Petrópolis. El dinero del Premio lo destinó a bibliotecas, a albergues de niños y adquirió una casa en Los Ángeles, California, en la localidad de Monrovia, y compró otra casa en Santa Bárbara, donde estableció el consulado chileno. Allí residió casi en total soledad hasta 1948. Regresó después a México, invitada nuevamente por el gobierno de este país. Llegó por Yucatán y cuando descendía del avión, cayó en un colapso del cual se salva, pero ya el ángel exterminador había fijado en ella su vista. La gente de Mérida seguiría paso a paso los detalles de su enfermedad como testimonio de amor a la poetisa maestra. Su cansado corazón le impide arribar a la ciudad de México y se queda en Veracruz.

La resentida salud no le impide seguir desarrollando sus labores consulares en Veracruz hasta partir a Europa en 1950. Amaba las flores de la Liguria y por este motivo va a radicar en Rapallo y luego, incansable vagamunda, se acerca a la costa napolitana y permanece en la hermosura de Posillipo. Los encarnados crepúsculos aseméjanse a la vida que ha comenzado a escapar de sus manos.

Funge como asesora de UNESCO y sólo entonces Chile le concede el Premio Nacional de Literatura. Está demasiado delicada y no se siente con ánimo para ir a recibirlo, pero lo entrega íntegro a favor de los niños del valle de Elqui

> Todas íbamos a ser reinas
> de cuatro reinos sobre el mar:
> .....
> En el valle de Elqui, ceñido
> de cien montañas o de más...

Para esas reinas de pobres vestiduras y los niños obreros a quienes cantó con increíble ternura dejó el fruto de sus desvelos de escritora. Viaja cuando se siente algo mejor a Nueva York de paso a La Habana, adonde ha sido invitada para el centenario de uno de sus maestros espirituales: José Martí.

En 1954, en el mes de agosto, invitada por el gobierno chileno vuelve a la amada tierra natal y cumple un mes y medio de gira por el territorio. El valle de Elqui se vuelca con admiración y cariño a esta mujer cuyo rostro mostraba las tremendas huellas de la enfermedad. Apoteosis para quien jamás había buscado el oropel y la fanfarria. Su franca sonrisa era para los niños de Elqui, las campesinas toscas y las manos callosas de los hombres trabajadores. La Universidad de Chile le concede el Doctorado *Honoris Causa*, mención que algo más tarde le otorga también la Universidad de Columbia.

No podemos dejar de señalar que la austeridad de esta mujer es reflejo de la severidad con que afortunadamente siempre hemos juzgado a nuestros seres egregios. El piropo fácil, la zalema no abundan en nuestra tierra. Chile ha forjado en duro crisol a sus ciudadanos más ilustres. Mueve a risa por ello la facilidad con que ahora el dictador Pinochet se disfraza de dorados adornos y charreteras, tan afecto a los autoelogios y laúdes de su pandilla.

En Santiago se encontraba cuando aparece la edición cuarta de *Desolación*. A fines del mismo año, Pacífico publica su última obra, *Lagar*, producción correspondiente al tramo 1938 y 1954.

El roble se iba ladeando aunque el espíritu continúa en pie. Arterioesclerosis, diabetes y finalmente cáncer son los jinetes que cabalgan sobre su fragilidad humana. Los terrenales nutrimentos ya no los necesitó. El alma había ido ganando terreno a la piel y los huesos. Sufre graves hemorragias y es conducida al Hempstead General Hospital en Long Island. El mundo ha detenido su rápida carrera. Gabriela solitaria de sí misma ha comenzado a franquear esa zona que sólo sabemos llamar eternidad. El 2 de enero de 1957 entra en coma y fallece el 10 del mismo mes a las 4.18 de la madrugada. Por fin, descorría el velo de su mundo interior para juntarse con los que amó durante toda su existencia. Y tal como lo había previsto

> Y va a morirse en medio de nosotros,
> en una noche en la que más padezca,
> con sólo su destino por almohada
> de una muerte callada y extranjera.

Ahora ya podían venir los homenajes y hasta quienes renegaron de ella se descubrieron por amor o por obligación ante lo innegable. Hasta ella llegaron las condolencias también de quienes la amaron y reconocieron en ella valores que en vida le fueron negados.

Llegó a la patria escoltada por una escuadrilla de aviones la que tuvo la sandalia rota y enrojecida. A Santiago llega el 19 de enero y es llevada al Aula Magna de la Universidad de Chile, donde montan guardia los ilustres y los humildes. Yo vine a conocerla así, jamás la había visto en persona, a pesar de haberla leído y escuchado a través de personas de mi familia que la frecuentaron. Era todavía adolescente yo y poco sabía entonces de la muerte. Me impresionó su rostro delgado que habían arreglado como acostumbran en Estados Unidos y me imaginé que a ella no le hubiera gustado. Muchas horas hice cola con otros amigos hasta verla. Se percibía la curiosidad y el amor de la gente. Pienso que también los remordimientos por cuán maltratada había sido. Su cabeza reposaba en satín blanco, cerrados los ojos que tan claros y plácidos habían sido. Llevaba la saya marrón de la orden franciscana a expresa orden suya.

Todo Santiago la acompañó al Cementerio General. A su paso las floristas de la Pérgola le brindaron los mejores capullos del día y tras esa cortina de flores fue entrando en el misterio de la tierra para hacerse una sola con ella. ¿Qué diálogo comenzaría en aquellos momentos en que todos perdidos en la tibieza del verano santiaguino íbamos siguiendo el féretro? ¿Qué coloquio de amor con el primero que le abrió heridas pero también la proyectara al encendido mundo del cual dio siempre testimonio?

Ya no había lugar ni para un botón más de flor y su pueblo, ese que había amado, continuaba vistiéndola de corolas como a novia que va a encontrarse con el amado. Los niños de sus rondas cesaron sus cantos en las escuelas, las madres se pararon a ver pasar a la que no tuvo la fortuna de un vientre preñado, a la que sin parir acunó cabecitas y fue madre de todos los poemas.

¿Qué conversación iría hilando mientras continuaba el cortejo ya más allá del río y la tarde se haría noche?

Allí la dejamos en un silencio enorme y pienso que fue cierto lo que ella supo desde el principio

> Sentirás que a tu lado cavan briosamente,
> que otra dormida llega a la quieta ciudad.
> Esperará que me hayan cubierto totalmente...
> ¡y entonces hablaremos por una eternidad!

Ahora finalmente su embalsamado cuerpo reposa en la aldea de Monte Grande en una tumba sencilla, construida por suscripción popular a instancias de la Sociedad de Escritores de Chile.

LOS SIGNOS

Nos enseñaron durante el tiempo de colegio y hasta en la universidad que Gabriela era una maestra que escribió. Eso quería decir que sus letras estaban concebidas para ejemplarizar y entonces no le habría sido dado excederse y hablar de cosas no tan claras, sumergidas en el contradictorio torrente del interior. Siempre me pareció una aberración como tantas que aparecen en los tratados, en los textos de estudio.

En primer lugar, el desconocimiento de la obra en prosa de la escritora persiste aún en nuestros días. Gabriela es polígrafa. Se dedica con pasión a la epístola, al discurso, a lo que más tarde ha de ser lectura para el buen vivir de la gente. Y ella misma nos señala que en su escritura y su habla deja, por complacencia, mucha expresión arcaica, sin poner más condición al arcaísmo que la de estar vivo y ser llano. Ella es una campesina que se goza en los usos más castizos que del idioma ha preservado el pueblo y esto comunica a su forma estilística un sabor y un aroma a las lejanas trovas en las *que suelle el pueblo fablar a su vezino.*

Amiga por carta fue del gran Rubén de Nicaragua. Rubén Darío que la tenía entre los colaboradores de su revista *Elegancias.* De esta epistolar comunicación y de los otros como Juan Ramón Jiménez ha de quedarle un gustillo modernista que queda más en lo externo que en la temática. El amor por el color encuentra expresión en esta nortina que se fuga del desierto hacia los verdes valles y los frutos

> **Azul loco y verde loco**
> del lino en rama y en flor.
> . . . . .
> **Albahaca del cielo**
> malva de olor,
> salvia dedos azules,
> anís desvariador.

Al color se unen las sensaciones gustativas y del olfato. Es uno de los distintivos de su poesía la senestesia utilizada como elemento integrador, expresión del ser que aprehende con todos los sentidos como eficaz forma de permanencia. Aquí evidentemente hay una deuda de Gabriela con el modernismo rubendariano y con el español de Moguer.

En una estrofa de "La desvelada" podemos indicar sensaciones auditivas que permiten la metáfora mostradora de la pasión intensa

>En un aliento mío sube
>y yo padezco hasta que llega
>—cascada loca que su destino
>una vez baja y otras repecha
>y loco espino calenturiento
>castañeteando contra mi puerta—.

El deseo que corta respiraciones, que fatiga los pechos y se difunde por el entero cuerpo "cascada loca", vuelve y vuelve, se angustia en la subida y sigue golpeando como castañuela a la puerta del cuerpo y entonces usa una deliciosa metáfora "loco espino calenturiento". Los de montañas y colinas saben de esas púas de los espinos que algunos místicos utilizaron para flagelar la carne pero que en Gabriela representan el acicate voluptuoso que no descansa.

Gabriela fue esencialmente descriptiva y de no haber escrito, posible fuera una vocación pictórica. Casi cuento resultan las bíblicas estampas en su poesía

>El sol caldeo su espalda acuchilla,
>baña terrible su dorso inclinado;
>arde de fiebre su leve mejilla,
>y la fatiga le rinde el costado.
>
>Booz se ha sentado en la parva abundosa.
>El trigal es una onda infinita,
>desde la sierra hasta donde él reposa...

Claramente aparecen los trazos de las sensaciones trascendidas a símbolo y el relato discurre fácil para que todos lo entiendan y otra vez lo cuenten. Gabriela asigna a los colores especial significado que le permite expresar con mayor hondura lo que lleva guardado y no sabe decir sino en el poema. Hay, por ejemplo, tres poemas en que pinta a tres diferentes mujeres que pudieran reducirse a forma femenina, en los cuales los colores resultan metáforas de por sí y le permiten una descripción más rotunda de cuanto le interesa destacar en esta elevación de la mujer por sobre las habituales consideraciones sociales. Me estoy refiriendo a "La mujer fuerte", "La mujer estéril", "El niño solo". En el primero, es una campesina que abre el surco y lleva vestido color de las montañas. Se trata de la engañada, de una de las que Pierre Loti (otro mentor de Gabriela) mencionara en "Las abandonadas"; esta campesina que ha creído en las palabras del galán, tiene el hijo y el hombre vive en la taberna sin preocuparse ni de ella ni del retoño; es la que toma en sus espaldas todas las responsabilidades. Es una abandonada que centra su amor en el hijo que es preciso alimentar y formar. Gabriela abandonada también se siente solidaria y rinde homenaje de amor y admiración ante la valentía de quien abría la tierra para la siembra en la dulce tierra del valle

> Me acuerdo de tu rostro que se fijó en mis días,
> mujer de saya azul y de tostada frente,
> que en mi niñez y sobre mi tierra de ambrosía
> vi abrir el surco en un abril ardiente.
>
> Alzaba en la taberna, honda, la copa impura
> el que te apegó un hijo al pecho de azucena,
> y bajo ese recuerdo, que te era quemadura,
> caía la simiente de tu mano, serena.
>
> Segar te vi en enero los trigos de tu hijo,
> y sin comprender tuve en ti los ojos fijos,
> agrandados al par de maravilla y llanto.
>
> Y el lodo de tus pies todavía besara,
> porque entre cien mundanas no he encontrado tu cara
> ¡y aún te sigo en los surcos la sombra con mi canto!

El plasticismo de Gabriela otorga nuevo significado al azul, al negro, al dorado, al blanco, al rojo, al marrón y al amarillo. Presente está, como es de suponer, entre quienes influyeron en la poética gabrieliana, el autor de *Platero y yo*, Juan Ramón Jiménez. La diferencia tal vez estribe en que Gabriela recalca el anatema mediante los colores y para el malagueño el uso del color tiene más bien una función primordialmente estética.

En "La mujer estéril", el color cede el paso a una *sfumatura* que nos conduce al blanco y a la ausencia de color. El imperativo mayor para la concepción de Gabriela: la maternidad aquí es negada; esta Yerma ha de sentir el vientre distendido y la azada, el sexo que no llegó a fecundarla, ha de dar golpes funerales a su oído. Muchas veces me he preguntado si acaso Gabriela no conoció la obra de Federico García, pues hay muchos temas y tratamientos que comparten. Federico fue un maestro del color y a través de muchas doloridas obras suyas reivindica a la mujer, elemento postergado en la machista sociedad de la época que ambos poetas compartieron a pesar de la distancia que marcaban los océanos

> La mujer que no mece a un hijo en el regazo,
> cuyo calor y aroma alcance a sus entrañas,
> tiene una laxitud de mundo entre los brazos;
> todo su corazón congoja inmensa baña.
>
> El lirio le recuerda unas sienes de infante;
> el Angelus le pide otra boca con ruego;
> e interroga la fuente de seno de diamante
> por qué su labio quiebra el cristal en sosiego.
>
> Y al contemplar sus ojos se acuerda de la azada;
> piensa que en los ojos de un hijo no mirará extasiada,
> al vaciarse sus ojos, los follajes de octubre.
>
> Con doble temblor oye el viento en los cipreses.
> ¡Y una mendiga grávida, cuyo seno florece
> cual la parva de enero, de vergüenza la cubre!

Y en el último poema que hemos citado, se conjugan los rojos del vino, los delicados rosas de un pezón materno, la plata lunar, el color del crepúsculo y el azul de la noche para enmarcar este cuadro de su dolor constante: la ausencia de un hijo propio. La descripción es nítida, con la frescura de un Rafael Sanzio para sus vírgenes madres. El olor del campo se entremete en este narrado simple, hecho sin embargo con el pincel dolido de su no maternidad

...y me acerqué a la puerta del rancho del camino.
Un niño de ojos dulces me miró desde el lecho
¡y una ternura inmensa me embriagó como un vino!

La madre se tardó curvada en el barbecho;
el niño al despertar, buscó el pezón de rosa
y rompió en llanto... Yo lo estreché contra el pecho,
y una canción de cuna me subió temblorosa...

Por la ventana abierta la luna nos miraba.
El niño ya dormía, y la canción bañaba,
como otro resplandor, mi pecho enriquecido...

Y cuando la mujer, trémula, abrió la puerta,
me vería en el rostro tanta ventura cierta
¡que me dejó al infante en los brazos dormido!...

Esa cualidad de Gabriela para pintar viñetas queda muy clara en estos tres poemas que la retratan como excelente narradora que utilizó el color de una manera impresionista, capaz de adelgazar la sombra del deseo haciéndola más fuerte a través de la metáfora real que le surge como connotación habitual de su verso.

Sigamos espigando en su poesía y nos encontraremos con tonalidades granates, magentas y violadas. Son colores del Greco en el cuadro "El descendimiento"

Te acordaste del fruto en febrero,
al llagarse su pulpa rubí.
. . . . .
Te acordaste del negro racimo,
y lo diste al lagar carmesí...

Caminando, vi abrir las violetas;
el falerno del viento bebí...

Estamos hablando de "Nocturno", donde el cielo también adopta colores metafóricos para señalar el dolor de quien escribe

... ¡el cansancio del cielo de estaño
y el cansancio del cielo de añil!...

Romántica Gabriela que hace partícipes de su dolor a los elementos que conforman la naturaleza y los extrapola para comunicarles especial significado. Oficio de lágrimas que la empuja a la indecisión y al no olvido.

Y para que nadie piense que es fría, racional, dibuja trazos de belleza terrenal, aquellos que vio tantas veces en caminares por sus campos cuando arrastra nostalgias y abandonos

¡Oh fuente de turquesa pálida!
¡Oh rosal de violenta flor!
¡cómo tronchar tu llama cálida
y hundir el labio en tu frescor!

Podría ser un broche, aquel prendedor que elaborara Rubén Darío para Margarita "con un verso y una perla, una pluma y una flor".

El sentido modernista del color constituye una de las constantes estilísticas en la escritora y para una mujer que eligió el gris como hábito constante significa el afán de vida, ella que en cierta forma se ha excluido del colorido y los placeres que da la vida. Gabriela retraída que rememora a cada paso sus calvarios infantiles que la sustraen de la algarabía de sus compañeras. Gabriela presentada al severo tribunal de su escuela cuando apenas tiene nueve o diez años. En cada pincelada de color, por contraste refleja los oscuros que presidieron aquella infancia escamoteada.

Me contaba Hugo Vigorena, último embajador de Chile en México, que esta adusta mujer visitaba su casa cuando él era niño y les daba regalo de su ternura. El padre, don Agustín Vigorena, había participado con Gabriela en las colaboraciones para *Plumilla*, revista literaria del Liceo de Hombres de La Serena. Él y doña Ema, su hermana, conocían la historia de esta Gabriela condenada por hurto en la escuelita de la localidad. En aquel tiempo, el gobierno daba cuadernos y textos a las escuelas primarias para ser repartidos en forma gratuita a los alumnos. Había una alumna a quien se denominaba semanera que debía distribuir periódicamente los útiles entre los estudiantes. Gabriela ya escribía a escondidas de las miradas de sus superiores. Tímida y pobre no contaba con suficientes cuartillas para sus versos. Entonces concibió la idea de apoderarse de dos o tres cuadernillos de los que el Estado regalaba. La semanera en turno había transmitido sus sospechas a la profesora. Para poder sorprenderla le dan a la niña Lucila Godoy el cargo de semanera. Las dudas se hacen certeza y la pequeña ha de comparecer ante la escuela formada en pleno junto con el consejo de profesores y sufre la vejación de ser expulsada por ladrona. Dichoso robo —diríamos ahora— que le permitía escribir lo que el corazón y su lúcida mente dictaban a la pequeña. Recuerdos dolorosos como éste, de los que se guardan a pesar de la razón, jalonan la vida de esta mujer. A *contrario sensu*, ella utiliza el color para rodearse de vida y resaltar ese lado claro de su luna, aquel que sólo se atrevería a entregar en poemas.

Rabindranath Tagore, el escritor indio favorito del Mahatma Gandhi, autor de *El cartero del rey* y tantas obras en las que testimonia su amor por el hombre y su vocación pacifista, es uno de sus escritores predilectos. La huella de él se advierte en numerosos poemas que conjugan la descripción colorida con la metáfora. Si tomamos, por ejemplo, "Coplas", vemos cómo Gabriela ha hecho suyas aquellas descripciones que también emocionaron a Neruda; intimidad conseguida con locación precisa y tratamiento de los colores en función del fondo de la obra

>A la azul llama del pino
>que acompaña mi destierro,
>busco esta noche tu rostro,
>palpo mi alma y no la encuentro.
>. . . . .
>Para que tenga mi madre
>sobre su mesa un pan rubio,
>vendí mis días lo mismo
>que el labriego que abre el surco.
>. . . . .
>Mientras por sembrar mi trigo,
>la dejé como brazadas de salvias junto al camino...

El verde, el madera, el dorado, el marrón, el azul morado, el gris cobran esencia significativa enmarcadora que le permite conseguir la forma emotiva total. Francamente existe notable similitud con la utilización lorquiana de los colores y no es de extrañarse: a Federico y a Gabriela les había quedado rezagada la infancia poseedora de imágenes profusamente colóricas y ambos participan en forma notable del movimiento modernista iniciado por Rubén Darío que ha de sentar plaza en Europa para tornar posteriormente a Latinoamérica.

> Cuando el azul se deshoja,
> sigue el verde danzador:
> verde-trébol, verde-oliva
> y el gayo verde limón.
> ¡Vaya hermosura!
> ¡Vaya el Color!
>
> Rojo manso y rojo bravo
> —rosa y clavel reventón—.
> Cuando los verdes se rinden,
> él salta como un campeón.
> . . . . .
> El amarillo se viene
> grande y lleno de fervor
> y le abren paso todos
> como viendo a Agamenón.
>
> A lo humano y lo divino
> baila el santo resplandor:
> aromas gajos dorados
> y el azafrán volador.
>
> ¡Vaya delirio!
> ¡Vaya el Color!

Si bien —acostumbrados ahora al versolibrismo— la rima gabrieliana nos empece en algo la lectura, notable es su ritmo. Su forma narrativa se hace volandera cuando aglutina sensaciones y ocupa vocablos sonoros que nos guían por el poema. La escritora distribuye con sabiduría los sonidos que se encabalgan graciosamente al significado real y al metafórico que ella les confiere

> Cajita mía
> de Olinalá,
> palo-rosa
> jacarandá.
> . . . . .
> ¡Ay, bocanada

> tropical:
> clavo, caoba
> y el copal!

Es claramente visible el acoplamiento entre la palabra, su sonoridad y su significancia; a ello añade el color y el verso se extiende sabroso y musical a nosotros. He aquí una de las mayores virtudes de la poetisa.

Concerniente a la rima, me parece interesante citar textualmente la opinión de Gabriela:

> ...Cuantos trabajan con la expresión rimada, más aún con la cabalmente rimada, saben que la rima, que escasea al comienzo, a poco andar se viene sobre nosotros en una lluvia cerrada, entrometiéndose dentro del verso mismo, de tal manera que, en los poemas largos, ella se vuelve lo natural y no lo perseguido... En estos momentos, rechazar una rima interna llega a parecer... rebeldía artificiosa. Ahí he dejado varias de esas rimas internas y espontáneas. Rabie contra ellas el oído retórico, que el niño o Juan Pueblo, criaturas cabales, acepten con gusto la infracción.

En efecto, Gabriela utiliza la rima interna como también la consonante y configura una especie de poema expresado en romance, en soneto endecasílabo al que fundamentalmente interesa vincular con el fondo. Como en su vida, ella no cura tanto de la forma como de la existencia de una hipótesis entre el dentro y el fuera del poema. No desprecia ninguna forma métrica; es más, se pronuncia por el "verso largo y ancho, por el tono mayor", un tanto "empalagada" con los versos de arte menor; ésta es una manifestación más de su tendencia a buscar la vieja raíz hispánica que vuelve los ojos al alejandrino. En este camino hacia los padres queda inscrita igualmente su tendencia a lo que habitualmente llámase arcaísmo y que en buenas cuentas significa vivificar los vocablos permanentes de los cuales ha sido guardián y ejecutor amante el pueblo. En este sentido es frecuente encontrar formas enclíticas que dan testimonio de su consubstancialidad con los hechos o los objetos

> ...el agua me lo alumbra en los hondones,
> el fuego me lo urge en el poniente...
> ...oigo donde los leños fieles,

igual que mi alma se le quejan...
...de ligera voy o grave,
y me sé y me desconozco...
...pero sé que me llamo su alimento,
y me sé que le sirvo y no le falto...
...porque todo lo di, ya nada llevo,
y caigo yo, pero él no me agoniza...

La unión con el amante hace que conjugue de distinta manera el verbo agonizar, utilizándole metafóricamente como reflexivo.

...mientras el niño se me duerme...

En Gabriela es dable encontrar un desbocado torrente que ella se esfuerza por colocar dentro de los cauces del buen juicio y la mesura. Sin embargo, le gana el torrente y desbocada va por las líneas del verso soliviantando las palabras para domesticarlas y le sirvan a su objetivo poético. No dudar que a ello se debe esta leona desmelenada que atraviesa por la vida y se angustia por hacerse perdonar el amor. Su notación del tiempo y el espacio se produce en función del efecto emocional. Bien dice ella que su verdadero país es el sueño donde todo es permitido y los amantes sin rostro cobran forma, coexisten, se entremezclan, la aman y no han de abandonarla nunca. Febriciente búsqueda para la cual los signos sólo es posible buscarlos más allá de la realidad contextual, cercanos a los fantasmas que han de perseguirla en su *Guignol* trágico señalado por negaciones, suicidios y partidas. La desvelada sola que pretende aparecer intocada deja su huella cárdena en el poema, único sitio donde le será permitido decir con voz espesa lo que las convenciones y la corrección le hubieran impedido.

Se debate en una superrealidad brotada del permanente sueño y la única solución es un verso. A ella le ha sido negado hablar con la voz de las dulces, las que son amadas y buscadas; ella es la que busca y debe cavar en el propio pecho para alimentar sus pulsiones y entonces se transforma en creadora de la propia fantasía. De ahí, pues, que su existencia sólo era viable en el poema. Todos habrían de verla sola, incapaz del diálogo fecundo entre hembra y varón: faltó para ella el cobijo de varón cuando como hija-niña lo procuraba y él, don Jerónimo, le dio una canción.

Gabriela la trastocadora, capaz de encontrar dulzura en los huesos que progresan a polvo, cambia también el sentido contingente de las palabras, dueña de un universo mediante la poesía; allí es dadora y creadora; nadie puede indicarle senderos que no desea recorrer. Vivió en poesía porque le fue lo único posible.

LAS AMIGAS

Niña es y define parámetros de amistad. La soledad la lleva a cuestas pero gusta de la conversación y de la mesa concurrida. Era su forma de acercarse al mundo de las mujeres y a veces de los hombres. Imaginemos a Lucila pequeña circulando con su ropa de desvalida, gastados zapatos de traba o botitas con toperoles; seguramente algún encaje habrá sido la coquetería en el vestido heredado y la chomba tejida de retazos. Lucila juega a las rondas, a las albricias del Norte, con las que iban a ser reinas, Rosalía, Efigenia, Soledad y ella, la que cambiaría de nombre y haría una muerte-vida, absolutamente diferente a las otras aspirantes a reina. Rosalía, que con el tiempo habría de enamorarse de marino que la conduce a la viudez; Soledad, soltera cuidadora de siete hermanos y que jamás vería el mar; Efigenia, la única que continuaría al pie de su varón a quien sigue sin saber el nombre y Lucila, única conocedora del reino de la verdad, "que en los ríos ha visto esposos y su manto en la tempestad". De esta fábula con faisanes y flamboyán, sólo quedó el recuerdo de Gabriela. Allí están las tres amigas como en un friso que ya huele a eternidad y ella realmente fue quien atravesó el reino de las tinieblas para hacerse siempre presente.

En su etapa juvenil más bien rehúye la cercanía con las muchachas a quienes el amor ha favorecido. Su severa indumentaria, su vestir tan poco femenino con toda certeza la apartan de las reuniones acostumbradas en las personas de su edad. Gabriela tomaba todo a la tremenda, decía mi tía, que la había conocido en el Liceo de Los Andes. Más que eso, su misma inflexible honradez la fue metiendo en una desconsideración para con ella. Prueba de ese castigo que impone a su físico con el cual está absolutamente descontenta son sus sayales oscuros que no dejan entrever ni la más leve curva femenina. Hubiera querido ser hermosa, aspiración natural que ella coarta con un peinado sin gracia, con un pelo cortado como varón, para ahuyentar la luz de trigo que emanaba de él. El traje sastre lo usa para escapar del más mínimo coqueteo, ella que anhela ser amada por varón.

¿Mujer fuerte? Diría yo, mujer herida que se defiende de ser hallada en falta de belleza; como cualquier artista, lógico era que aspirase a este valor al cual rinde tributo en la cara de un niño, en la figura de un joven, en el pezón de una mujer, en el pino que arde, en la azul lámpara. Gabriela repleta de carencias ha de volcarse a amigas que tienen algo en común con ella; es decir, la amiga soledad.

En el país rinde homenaje a mujeres artistas que han conocido lo que ella ha imaginado; pensemos en la escritora Iris, en la escultora Blanca Subercaseaux, más allá de la patria, estará la suizoargentina amante de otro loco trágico y formidable escritor, el uruguayo Horacio Quiroga. Es Alfonsina Storni, que pese a haber sido madre y a haber conocido el amor en carne viva, decide, víctima de su aislamiento, morir por su propia mano, internándose en el mar. La fealdad física de Alfonsina se contraponía con la delicadeza de su ser interno.

En La Serena la gente veía por las tardes a Gabriela pasear a la orilla del mar, en húmedo camino junto a Pina García y a Laura Rodig. También estas dos mujeres compartían elementos de la soledad de Gabriela. Pina García, de gruesos lentes, escasa estatura, cuerpo malformado, pelo al desgaire, daba clases y gustaba de la literatura. Difícil que los galanes de la época detuvieran su vista en la tímida mujer que se ruborizaba con la facilidad de un niño. Su mundo reducido había encontrado en Gabriela, tesoro inagotable. La poetisa venía a significar el vuelo hacia regiones donde la belleza era interior y el sueño constituía la realidad. Pina García jamás imaginó que pasaría a la historia a través de la amiga que usaba báculo para asegurar su pie en la arena y la hacía partícipe de las primicias de sus escritos. La figura de Pina García se esfuma sin dejar mayores rastros, grande en su condición de confidente, a pesar de su tan poco agraciado físico.

Laura Rodig tuvo características diferentes. Dueña de un carácter tan fuerte como el de Gabriela, frecuentes eran las discusiones, por lo general, atingentes al arte. Laura era sola y sin asomos de remediarlo. Había viajado y a la sazón resultaba coconocida para un selecto grupo. Su propuesta artística parte de grandes figuras concebidas un poco al calor del expresionismo.

Gabriela sintió respeto por la amiga que se le ponía al frente desde otra disciplina del arte. No obstante, hubo largos periodos de silencio entre ellas, separaciones y no verse, inmersas ambas en su función creativa. Laura participó con Gabriela en diversos sitios como exponente de la cultura nacional hasta que finalmente fue la encargada de tomar la mascarilla fúnebre de la poetisa, versión que sirve para acuñar el rostro que ya ganó la eternidad.

Mujeres hay como Palma Guillén de Nicolau, que estando en la antípoda de Gabriela, entablan con ella cálida amistad que alcanza relieves de abnegación extrema. Palma se transformaría en escritora con el tiempo. Modelo de Rivera, era frecuentadora de la Casa Azul de Coyoacán donde presidían Diego y Frida. Poseedora de una especial belleza, Palma estuvo muy cerca de esta otra mujer que de buenas ganas hubiera bañado su rostro de cal viva por no considerarlo merecedor de amor. Palma, aérea y vivaz contertulia de Lupe Marín, de María Félix, espléndida en su belleza también, comienza a descubrir un encanto raro en esa reciedumbre aparente de Gabriela. Y se adentra sin miedo en los intrincados caminos de la poetisa y tan profundo llega a ser el conocimiento que logra de Gabriela y su obra, que se convierte en exegeta y prologuista, en administradora y albacea de su patrimonio artístico. Como dos caras de la moneda estas dos mujeres diferentes a quienes une la acendrada devoción por la poesía. Palma amada y desolada Gabriela. Ambas por sendas distintas llegan a establecer una comunión de amistad que dura hasta los últimos días de Gabriela.

Otra gran solitaria, exiliada también de sí misma, Rosario Castellanos comparte algunos momentos de Gabriela. Si bien sus biografías distan mucho de parecerse, las unifica una común búsqueda de profundidad y amor. Testimonio de admiración hay en Gabriela por su colega Lolita Arriaga. La muerte de su madre desencadena en la escritora una crisis existencial; Palma Guillén asegura que *Tala* es la obra en que aparece esta situación reflejada en intensidad. Doña Petronila fue tal vez la primera amiga de Gabriela, junto a Emelina la media hermana que la protegió mientras le duró la vida; primero como dadora y luego como confidente mayor.

No se crea, sin embargo, que Gabriela era de fácil acceso; hemos señalado que la gran timidez que la aquejaba no le permitió abrirse a los muchos seres que hubieran querido estarle cerca. Con las mujeres sucedía que inevitablemente su ego herido estableció dolorosas diferencias y se encerraba entonces en una desgarrada contemplación de las ataduras que la colocaron en permanente situación de añoranza. Luis Buñuel afirma que al correr del tiempo y la vida, nuestra memoria se va imbricando de imaginación hasta el punto de ser imposible distinguir qué es verdad y cuál es la fantasía. El poeta transforma su realidad contingente al tamiz de la imaginación. Ésta es la razón por la que Gabriela se refugió en un mundo fantástico donde puede resolver los elementos conflictuales, lo cual ha de permitirle existir en el mundo cercano con una carga menor de angustia.

La amistad significará para ella un vínculo más fuerte con el mundo externo y por ello es jardinera que cultiva celosamente las relaciones con las escasas personas que, de algún modo, podían serle afines. Usa de su presencia y de lo que había de llamar "recados" cuando el destinatario está lejos, así países o gente. Devota incansable mantiene relación epistolar constante con las personas que le han dado muestras de comprensión y afecto. Gabriela, que tan frecuente víctima había sido de la maledicencia de seres menguados, fija su universo amical en mujeres que podían compartir con ella momentos de éxtasis artístico y también habían sido maltratadas por el habitual mundillo de cabecitas rizadas.

Es notable su actitud calmada, razonadora frente a estas amigas. De alguna manera sigue considerándose regazo, voz que consuela y continúa siendo inflexible consigo misma. Su problemática gira en torno a una subestimación enorme frente a su propia persona; el deseo de huida la proyecta eternamente a nuevas regiones, pasajera contra la corriente en ríos que no le será posible domeñar.

LOS AMIGOS

De niña sufrió Gabriela sucesivos golpes que la motivan a luchar para reafirmarse ante el contexto social en el que le ha tocado vivir. A esta callada niña hay quienes llegaron a considerarla incapaz de aprender; su carácter cerrado no la coloca precisamente como estrella del grupo infantil. La vuelta a la casa familiar le significa regresar a la dolorosa constatación de las carencias, a las cansadas figuras de la madre y la hermana. El rostro de la madre fue delicadamente hermoso; claros ojos y dulces, silueta fina arropada de oscuro. Esta imagen femenina ha de recordarle permanentemente que ella es la contrapartida, la mujer sin mayores dotes de belleza, con un aguzado ingenio. Entonces la huérfana sin padre flagela su forma externa y se avergüenza de cuanto la separa como mujer de la propia madre. Los varones podrán ser tangentes a ella, decidida confráter, temerosa en su aspecto exterior.

Los hombres con quienes Gabriela establece lazos de amistad ven en ella una excelente camarada a quien aprecian por su talento y creatividad; ellos no han de exigirle más que inteligencia y razón. Más aún, la admiran y Gabriela secretamente gozó del triunfo y sigue dolida en sus poco agraciadas formas femeninas. Gabriela establece inconscientemente severas normas conductuales que le permiten el desarrollo de una amistad enriquecedora en lo moral y, por supuesto, en su mundo intelectual. Lo emotivo seguirá en orfandad.

No debemos pensar que la escritora fue siempre ecuánime; también fue capaz de alterarse, de odiar y guardar rencores. Su humanidad bien se lo permitió; la grandeza radica justamente en participar en todo de la desgarrada condición humana. Uno de sus valores fue la perseverancia en sus afectos por encima de sus rencores naturales.

Incontables habrían de ser los amigos varones. Con ellos se sentía a gusto mientras el corazón no le jugara una mala pasada. A partir de 1914, cuando los "Sonetos de la muerte", presentados a los Juegos Florales la hacen ganar la Flor Natural, comienza a rodearse de amigos vinculados al arte. Este certamen literario era organizado por la Sociedad de Escritores de Chile y permitió que muchos de nuestros mejores literatos fueran conocidos y su obra regresara al pueblo. El día de la premiación, Gabriela concurrió, confundida entre la gente que ocupaba las galerías del Teatro Municipal. Varias veces fue llamada desde la tribuna y no se atrevió a ir a recibir la presea al mirar sus pobres vestiduras.

No obstante, ese premio es la puerta de ingreso a la fama y la poetisa se relaciona con Enrique González Martínez, poeta mexicano que se desempeñaba a la sazón como embajador ante el gobierno chileno, y con Antonio Castro Leal, secretario de la embajada de México. Son los primeros contactos personales con el país que iba a tener especial relevancia en su vida. Ya desde hacía tiempo sostenía correspondencia con Amado Nervo, con quien participaba de poesía y de sus incursiones teosóficas. En La Serena tenía amigos queridos encontrados entre los colaboradores de la revista *Plumilla,* por ejemplo Agustín Vigorena, Carlos Moncada. Cuando estuvo en la ciudad de Los Andes traba amistad con Pedro Prado, poeta y novelista delicado, autor de *Alsino*; con Manuel Magallanes Moure, que participaría con Fernando Santiván en la famosa Colonia Tolstoyana (ideas a las cuales se adhería la escritora); con el novelista Eduardo Barrios y el poeta Ángel Cruchaga Santa María. Ellos pertenecían al grupo de "Los Diez", tertulia que habría de dejar huellas en nuestra literatura.

A propósito de conferencias y la publicación de su obra dispersa conoce y confraterniza con el escritor español Federico de Onís. En Europa es amiga del escritor católico Paul Claudel, con quien encuentra afinidades en lo atingente a la búsqueda religiosa. Conoce y frecuenta a otros franceses como Paul Valéry, Henri Bergson y Julien Luchaire. Eduardo Santos, ecuatoriano, es su gran amigo y difusor de su poesía. En España se rodea de gente joven que entonces daba sus primeros pasos en el arte. Más los amigos de México que la reciben y la frecuentan devotamente en sus dos estancias en el país.

Gabriela poseía una fidelidad a toda prueba y se esmeró siempre por conservar ese magnífico refugio que es la amistad, donde ella podía moverse libremente sin dolerse de sus toscas rodillas, segura del afecto y la admiración de los que habíanla escogido como hermana y amiga.

EN AQUELLOS TIEMPOS

Duros habían sido los años de la revolución. Paulatinamente las diversas consignas cobraban realidad y otras veces se perdieron en la polvareda. Duros fueron los años y peores los días para quienes se alzaron por la tierra y la libertad. Poco el maíz y menos los frijoles en el plato diario. Las grandes mayorías no pudieron percibir entonces en qué consistiría el cambio por el cual estaban dando la vida. Llenos de muertos los caminos y repletos de zopilotes en busca de carroña.

Al juez y al cura nada les había pasado; el terrateniente, de alguna u otra manera libraba el sustento de sus hijos para realizar erráticos estudios que les conferirían el ansiado título de licenciado en detrimento del patrimonio familiar. Aunque, la verdad, no tanto en estudios habían dilapidado los dineros amasados por la peonada de sus haciendas que en pequeña escala fueron repartidas a quienes las trabajaron por siglos.

Así las cosas, el gigante mexicano recostado en la meseta ingresaba a un diferente mundo que rebasa al chocolate espumoso y el pan dulce de las tardes. Poco o nada se había sacudido este gigante del empolvamiento milenario. Ocurría que nuevas veces y formas nuevas fuéronse posesionando del ambiente cultural, sustentado, en todo momento, en el aparato de gobierno. Era preciso ser un artífice para componer el delicado cuadro de costumbres y alfabeto. Las pugnas y el caudillismo también aparecían en medio de los artistas que se han congregado en torno al foco revolucionario que comenzaba a institucionalizarse.

En el mundo, más allá del Anáhuac y los cerros amanecidos, se escuchaban los compases sincopados del *charleston*, el *fox trot* y el *shimmy*. Las cabezas femeninas se volvieron platinadas y con ondas Marcel. Las boas de plumas se encaracolaban en los cuellos albos y los zapatos estilo Luis XV adornaban piececitos con medias de seda. Era la *insouciante* locura de los años 20. Preludio a un desengaño violento que debía confluir en otra gran guerra, prólogo a su vez del derrumbe de los "postulados eternos".

El decimonónico había significado un embelesamiento por parte de los europeos de las clases privilegiadas y un despertar insospechado de las clases trabajadoras. Los latinoamericanos, siempre a la zaga de las modas artísticas y del Viejo Mundo, se inscribían en las corrientes modernistas nacidas del nicaragüense Darío que sientan plaza posteriormente en Europa. En los salones "bien" del Nuevo Continente se practicaban los juegos de arte en absoluta proximidad con Europa. Esto se mantiene sin mayores variantes —incluso en los años de la Revolución, hasta que justamente por los años 20, un Diego Rivera, iconoclasta decidido, logra ingresar a los salones nada más para sacar el arte recluido a las calles y a las murallas donde el pueblo escribe comúnmente su historia.

Rivera y Siqueiros jamás abandonaron su posición de privilegiados. Sus pinturas *se dieron* a las masas en un sentido más populista que como proyección de un cambio total. En un país tan inmenso y desbordado como México, sus artistas fueron también desbordados y contradictorios. La máxima virtud de Rivera seguramente es haber ajustado su europeísmo artístico a las urgencias de la tierra y los hombres que la trabajan.

En tal contexto, Álvaro Obregón designa ministro de Educación a José Vasconcelos, pese a haber sido reconocido como autor de manifiestos antiobregonistas y a su filiación convencionista.

Los problemas del gobierno se multiplicaban y la prisa por encontrar solución a ellos halló eco en personalidades procedentes de sectores muy dispares. Se producía algo parecido a una competencia por servir a aquello que no conseguía formas precisas, pero cuya importancia radicaba en el afán por convertir al hombre en verdadero sujeto de su historia. Desgraciadamente, los intelectuales tenían una visión bastante paternalista de las estructuras sociales y por ello, su trabajo más bien estuvo referido a las clases medias que a las grandes masas que continuaban debatiéndose entre la pobreza y la ignorancia.

Entretanto, la Encíclica *Rerum Novarum,* escrita por el papa León XIII, circulaba ampliamente y los trabajadores católicos pudieron sindicalizarse, lo cual significó expandir el espectro de derechos. Estimulados por el propio gobierno, los diputados estudiaron la posibilidad de establecer en el país el régimen parlamentario. Los aires de un socialismo utópico aparecieron y los maestros, junto a los estudiantes, se pronuncian en contra de la dictadura del venezolano Juan Vicente Gómez. El ministro Vasconcelos llama al profesorado a pronunciarse públicamente contra cualquier género de tiranías en el continente americano.

La Revolución Mexicana, de algún modo, había producido rupturas en todos los ámbitos y era necesario, a juicio de una mayoría, iniciar un proceso de reconstrucción. La tarea de significar ajustes importantes y si pensamos en la gran cantidad de grupos políticos en juego y el caudillismo que no había cesado, podremos hacernos una idea más acertada de las dificultades que entrañaba la lucha por estabilizar el país y lograr una pureza democrática. Junto a esto, las fuentes fiscales, mercantiles e industriales sufrían el efecto de la depresión.

Desde 1920 la circulación monetaria tiende a normalizarse. Bien pudiera afirmarse que uno de los pocos legados favorables que dejara el periodo de Carranza en el orden económico había sido la casi total redención del régimen de papel moneda.

En general, las fuentes productivas del país habían sufrido una merma considerable, pero la más afectada fue la agricultura nacional. Las haciendas apenas tenían capacidad para producir 25 % de sus cultivos habituales. Es necesario señalar que el título de propiedad significaba más para los hacendados que el hecho de que sus tierras produjeran. De ahí la escasa preocupación por poner a trabajar las fincas pese a lo precario del rubro alimentario y el desempleo rural que se acrecentaba cada día.

Como siempre, quienes más sufrieron fueron los peones que debieron padecer la disminución de las raciones, la imposibilidad de adquirir vestuario, la carencia de escuelas y, por otro lado, el constante peligro de ser arrastrados en la leva.

Mayoritariamente, la gran masa rural vivió ajena a las dotaciones ejidales y las haciendas continuaron viviendo en forma más o menos habitual. En la meseta central se siguieron produciendo luchas intestinas. Los peones y aparceros de las fincas, pese a los abusos cometidos por los administradores y propietarios, prosiguieron unidos a las haciendas. Años habían sido de manipulación; alineados en su propio terreno, los peones como que todavía no se percataban de su condición de seres humanos.

En Puebla, Michoacán, Hidalgo, Tlaxcala, se fue multiplicando el nuevo agrarismo cimentado en la ocupación de tierras; los expedientes de repartimentos se tramitaban con extraordinaria celeridad. En buenas cuentas, la Secretaría de Agricultura va convirtiéndose en el centro director de la ocupación violenta de tierras y en las restituciones ejidales provisionales. Esto vino a significar dar posesión sin exigir documentos probatorios de legalidad ejidal. Durante el azaroso periodo de guerra se enalteció la significación del hombre como combatiente y político. Necesario era otro tiempo para comenzar nuevas formas de cultura a partir de las múltiples existentes desde antes de la llegada de los españoles.

Curiosos nos resultan algunos asertos de Vasconcelos que aparecen en el *Ulises criollo*. Para quien fue pieza tan importante en la educación mexicana, "desde la época precolombina hubo civilizaciones en la meseta, pero todas ruines, ninguna comparable a lo europeo. El motivo económico de esta inferioridad está en la escasez de combustible... Mientras no sean educadas las masas, subsistirá el sistema de sacrificios humanos, así se llame Victoriano Huerta o Plutarco Elías Calles, el Moctezuma de turno..."

En el hogar de Ignacio Vasconcelos surge un muchacho de escasa estatura que iría a destacarse, más que todo, por una pasión constante que lo hacía víctima de su propia persona, remecida por las pulsiones y sus arrepentimientos.

De ideas liberales, en vista del fracaso de su vida personal proyectada más allá de los habituales límites señalados por la familia y las convenciones. Bien pudiéramos señalar que este hombre decidió mostrar al mundo una imagen de sí mismo trazada de acuerdo con especialísimos patrones por él inventados para olvidarse de los dolores que siempre le causó su humana debilidad. Actor convencido de tener un sitio en la historia de México, dibujó una biografía más a su gusto que ceñida a la realidad.

Hemos de establecer que Vasconcelos marca una identidad nacional basada en mitos propios de una barbarie estética, capaz de concebir una raza cósmica, que satisface las ansias de futuro y pervivencia que obsesionan a este singular amante de lo trágico. Le apasiona convertirse en algo parecido a un Mesías nacionalista. José Joaquín Blanco señala que los propósitos de Vasconcelos no sólo estaban dirigidos a la nación sino pretendían que surgiera una nueva humanidad. Es fácil advertir que, pese a lo descabelladas que hoy parecen sus ideas, vinieron a constituir el eje en torno al cual girará el México moderno. El creador del ideario tendría que inventar una biografía para él que le permitiera ser aceptado como Mesías de una singular mezcla de religión nietzscheana donde habría de permitirse todo lo dionisiaco. Hay que reconocer que el más convencido de su genialidad era Vasconcelos. Fue latamente admirado y su máximo detractor habría de ser él mismo.

Quien sería rector de la Universidad procedía de una familia medianamente acomodada, con hermanas solteronas y un hermano, Carlos, adorador de la vida. Durante el porfiriato, las clases medias se perciben débiles y minoritarias. Sin embargo, una de las razones de su existencia es la constitución de un nacionalismo desbordado y liberal. Ni indígenas ni extranjeros: exclusivamente mexicanos. Y para estas zigzagueantes clases medias, los "enemigos" venían siendo los extranjeros al igual que las masas que luchaban por reivindicaciones del orden social y económico.

Tal había sido la herencia que recibe Vasconcelos al venir al mundo. Su abuelo paterno hacíase llamar Marqués de Monserrat y llegó a tener un buen pasar con un obraje de tintorería que saldría arruinado con la llegada de las tinturas alemanas.

La generación de Vasconcelos se abocó, en general, a la tarea de crear un México sólo igual a sí mismo; sin embargo, únicamente Vasconcelos fue quien asumió las tareas culturales como un quehacer intrínsecamente descolonizador. En aquellos momentos no existían instrumentos adecuados para realizarlo; de ahí que debió imponerse su imaginación en lugar de un estudio más racional de las circunstancias. Preciso es considerar que México era un país que ingresaba a la modernidad con carencias notables desde el punto de vista educacional y que el inmenso capital que entrañaban las diversas culturas indígenas antes de Cortés se había sumergido en un sincretismo más mágico que racional.

Los jóvenes de entonces, Torri, González Martínez, Rafael López, Manuel M. Ponce, Diego Rivera, junto a Martín Luis

Guzmán, Isidro Fabela, Mediz Bolio y algunos más se reunían en el Ateneo. Desde 1912, los objetivos de esta agrupación pasaron del idealismo cultista a la mística maderista. Los contertulios del Ateneo nombraron a Vasconcelos su presidente durante el primer año del gobierno maderista. "No por homenaje", señala él mismo, sino "en provecho de la institución, cuya vida económica precaria yo podría aliviar".

Curiosamente, cambia las reglas del juego y convierte a casi todos los contertulios en personeros del nuevo régimen político, de modo que en poco tiempo se cristaliza la primera Universidad Popular. A la mayoría de los miembros del Ateneo le complacía la buena vida y cada viernes por la noche, concluyendo las sesiones, concurren a algún restorán de lujo y la cultura se inmiscuye en los azares de la política nacional. Únicamente Antonio Caso, porfirista empedernido, se niega a entrar en esta nueva fase del Ateneo.

La contradictoria personalidad de Vasconcelos exhibía notable influencia de Homero y de Nietzsche. El superhombre nietzscheano aparece entre las convicciones vasconcelistas, mayormente en lo relativo a la categoría dionisiaca, la misión pasional de la cultura, la forma trágica que le confirió a su propio destino. Gabino Barreda es el puente a través del cual tiene acceso al modernismo. Y ahora podríamos decir que sus ideas pudieran estar muy cerca de la ideología derechista, ya que se declara abiertamente partidario de la libre empresa y del deber de enriquecerse para conseguir *status* en este mundo. Con seguridad absoluta, fue ardiente creyente de la mística liberal decimonónica. Al final de su vida jamás llegó a negar su afición por los dólares, aunque seguía enamorado de Minerva y de todas las diosas del Olimpo.

Decididamente, llegó a creer que los verdaderos propietarios de la Revolución Mexicana no debían ser las masas, sino los dirigentes. Cuando el presidente Eulalio Gutiérrez lo nombra Ministro de Educación, ya tiene trazados los objetivos que habrían de consumarse en el aumento de las escuelas públicas, la creación de nuevas preparatorias para la universidad en las capitales de provincia, las bibliotecas públicas y ambulantes en cada población mayor a los 3 000 habitantes, la creación de pequeños centros industriales populares, donde se impartiera corte, albañilería, mecánica, cocina y otros oficios.

En cuanto a la población indígena de México, Vasconcelos concibió una educación de tipo provisional, pues a las tendencias mal llamadas indigenistas este admirador de Nietzsche las consideraba un modo de solapar la explotación de los naturales, a quienes se les negaba el ingreso a los beneficios que la población citadina iba apenas logrando. Provisional consideraba la educación de los naturales, preparación para una vida democrática.

José Vasconcelos, de vida sentimental ardua y envuelta en las exquisiteces del más acendrado sibaritismo, detesta a Freud. ¿Sería temor a que el laberinto de sus sentimientos pudiera ser hurgado? Y a Marx lo detesta porque el socialismo no se aviene con su ego excesivamente exasperado. Y ese odio lo recibe en carne propia Carrillo Puerto, uno de los seres más antagónicos en México para Vasconcelos.

Este hombre, que renegaba de su físico poco agraciado, poseía una voluptuosidad que lo condujo a amores bastante trágicos; pudiéramos añadir, a amores que nunca le significaron una gratificación total para su yo inestable, eternamente en punto de ebullición. Al mejor estilo de la poesía clásica, disfrazó los rostros de sus amantes y les concedió nuevas identidades. Eliana Arizmendi Mejía pasó a convertirse en Adriana, y como Valeria habría de pasar a la posteridad Antonieta Rivas Mercado, inmortalizada por Asúnsolo en escultura.

El feo que ansía ser cisne, se disfraza del blanco plumaje y juega con rostros también de ficción para poderlos amar y ser amado sin miedo al desgarro y a la partida. Este detalle, imagino que habrá sido uno de los elementos nodales de la amistad con Gabriela Mistral, que también vive en repulsión por el cuerpo temporal; además, él buscaba mujeres que se apartaran de la norma, que abjuraran de la moraleja concebida para las medianías. Y a la corona que él mismo se tejió con deidades amatorias, añadió a la gran ceñida, a la rebelde que reniega de sus duras rodillas y no se considera digna de velar la llegada del esposo.

Entre 1920 y 1924, se perciben nuevas influencias místicas en el hombre Vasconcelos: el budismo le abre los brazos en la flor de loto que no deja manchar sus blancos pétalos. Pero también Zapata y su agrarismo, el idealismo, liberal de Rodó, el áspero Ruskin, Lunacharsky, el humanista Romain Rolland, junto a Pitágoras y Platón se vuelven sus ideales.

Para entonces se habían agregado a su cruzada Diego Rivera, Siqueiros, Julián Carrillo y Fermín Revueltas.

La personalidad polivalente de Vasconcelos precisaba una faz diferente. Inventa entonces la de mecenas, en un sentido algo distinto a los del Renacimiento europeo. Da asilo y empleo a los intelectuales que a lo ancho de América Latina son perseguidos por gobiernos antidemocráticos. Para Vasconcelos imbuido de mesianismo, tales escritores representaban "las cumbres de la raza". Y así acoge a Valle-Inclán, a José Eustasio Rivera, el genial colombiano autor de *La Vorágine*, a Restrepo, a Morillo, a Víctor Haya de la Torre, fundador del APRA peruano.

Sus musas de carne y hueso han de colocar al borde de la muerte a este detestador del matrimonio. Quizá la que condujo más violento el esquife hacia la orilla fue Antonieta Rivas Mercado. El triángulo debía resolverse en la muerte y la pistola fue el medio para entrar en la galería de los personajes complementarios de José; ministro y amador impenitente, necesitaba ahora una musa distinta, despojada de ropajes superfluos, que enamorara las facetas que ninguna de las anteriores logró y esa mujer había de ser Gabriela. Ella, la inauguradora de una generación nueva de maestros basada más en el corazón que en los incontaminados "empirismos de laboratorio".

Para Vasconcelos creyente en la raza cósmica, Mistral vendría a convertirse en símbolo, pegada a un cuerpo sin serle prisionera y así la muestra como la maestra del continente, la pedagoga de la Revolución. Algunos menguados objetaron que una extranjera pudiera ser llamada de tal forma. Vasconcelos la defiende apasionadamente alegando que todos pertenecemos a la Gran Patria soñada por Bolívar.

Una distinta forma de amor estaba descubriendo este varón de amores sobresaltados. La serenidad de Gabriela, su metódica dedicación al trabajo docente llegaba a cuestionar sus parámetros de belleza mórbida y comienza la mutua entrega a una pasión, tal vez la única que podría unirlos: hacer libres a los hombres por medio de la educación; herederos de la Ilustración y con mucho de ingenuidad, se lanzan en este quehacer de artistas que huyen de la escuela-madrastra. Mistral, cuyo nombre es dado a una escuela y cuyo cuerpo desmadejado es llevado a la escultura por Ignacio Asúnsolo. Otro mito empezaba a forjarse en la mente del hombre Vasconcelos, incapaz de vivir sin inventarse la vida. Quien se había puesto nombres aéreos y de arcángel significaría el más perfecto ensamble para la personalidad innumerable del Ministro de Educación.

Ella adopta también esta nueva calidad de insustituible y se ayunta con la desmesura de alguien para quien los bienes materiales eran necesarios, haciendo voto de silencio ante lo que sólo su infinito corazón podría soslayar en favor de la desvalida gente de Latinoamérica, que se desplaza entre las calamidades telúricas, la miseria, la riqueza enajenada, las fuentes secas y los mares abundosos.

Guerra de amor debió de haber significado esta diferente forma de unión, regida solamente por las ideas y en la cual los cuerpos vinieron a significar atadura para la alta mujer que venía del valle fragante y el hombre amante de las sedas y las pieles de ámbar. Gabriela está más allá de todas las féminas de Vasconcelos justamente porque deseó perderse en aguas donde todo puede llegar a ser nítido en lo simplemente fantástico.

GABRIELA EN MÉXICO

Gabriela había sido una ardiente lectora de Sarmiento, Bolívar y Martí. Empapada estaba de latinoamericanismo y de la urgencia de considerar la gran patria como un imperativo inclaudicable. Clara en su mente bullía la idea de entregar su trabajo y el aporte de su arte a cualquier país hermano que pudiese requerirlo.

Ella ejercía como directora del Liceo núm. 6 de Niñas de Santiago cuando recibe del gobierno mexicano la invitación para incorporarse al trabajo del entonces ministro de Educación José Vasconcelos. No había permanecido ajena a la Revolución que había cambiado la faz de México. Sabía de la necesidad de cambiar también el concepto de la educación que durante largo tiempo fuera feudo de los poseedores de la fortuna. Una gran masa de campesinos y de habitantes de las ciudades se debatían en la opresión del analfabetismo. La escritora conocía de estas cosas; no olvidemos que muy joven enseñó en escuelas nocturnas para obreros y campesinos del norte de Chile. Como maestra, Gabriela conocía las enseñanzas de Mariátegui, José Mancisidor, Aníbal Ponce. Si bien no la encontramos militante de partido, sus convicciones pedagógicas mal pudieran haberse situado en las severas reglas que a ella como alumna tanto daño le hicieron. Urgente era salir a los campos a llevar la buena nueva.

José Vasconcelos quería una educación acorde con los nuevos tiempos. Chile, que había pasado por tutorías pedagógicas europeas y comenzaba a pergeñar un sistema educacional, le llamaba poderosamente la atención por los logros visibles en pedagogos, artistas y científicos. Y Gabriela le interesaba fundamentalmente: alguien que como misionera se dedicara de tiempo entero a esta dura pero apasionada tarea. José Vasconcelos se había impregnado de la filosofía de Alejandro Deustúa, para quien la estética en un sentido clásico ocupa relevante lugar. Vasconcelos, en forma bastante utópica, consideraba que la educación venía a significar la panacea para la problemática latinoamericana. Presentes se hallaban en él los pensamientos del uruguayo José

Enrique Rodó, del argentino José Ingenieros, de Justo Sierra y de Arguedas. Utopía porque la educación en su carácter de superestructura reflejará siempre la ideología de las clases dominantes. Sin embargo, considero que todo aquel tramo en la filosofía educacional latinoamericana tiene importancia como punto de partida hacia una concepción educacional más acorde con la realidad de nuestros países que, en buenas cuentas, iniciaban su camino como repúblicas. La primera Gran Guerra había durado de 1914 a 1918 y la Revolución rusa de 1917 significó un cambio fundamental en la consideración del hombre. Todo esto lo sabía Gabriela.

México la invita y el gobierno chileno le encarga la misión de estudiar la reforma educacional impulsada por Vasconcelos.

Viaja en barco durante días largos que le han de servir para llenarse de mar; tanto lo ama como chilena que no sabe prescindir de esa azul y líquida masa que nos define por el mundo. Llega a México por Veracruz y se encuentra con un calor de trópico y una humedad que hace brotar la vegetación increíble. La recibe una pequeña delegación formada por Jaime Torres Bodet y Palma Guillén. Los ha enviado Vasconcelos para encontrar a la poetisa. Corre el año 1922. Las fotos de la época nos muestran a una Gabriela sonriente pero con ese halo de seriedad que la vuelve un tanto hosca.

Hermosa mujer era Palma Guillén y repara en las largas y mal acomodadas faldas de Gabriela, en su pelo recogido en austero moño y en los zapatones de taco bajo. Acababa apenas la lucha armada y la poetisa y maestra llegaba para abocarse plenamente a la labor redentora y asaz difícil de la educación. Además, Gabriela vestía como siempre, ignorante de protocolos y ceremonias. Era demasiado directa para ser sociable; medía sus palabras por el rasero de la verdad; jamás se sintió cómoda en los pasillos de gobiernos o mansiones. Con el tiempo, Palma Guillén se convertiría en una de las amigas mejores y más cercanas de la Mistral. Otra vez se había impuesto su gracia distinta a la habitual.

José Vasconcelos era de pequeña estatura, vivaz, algo rechonchito y con muchas flores para las mujeres. Amaba la poesía y sabía lucirse diciendo versos. Su apariencia externa no se compadecía mucho de la capacidad inmensa de trabajo que poseía. Estaba convencido de cuanto postulaba y su día se alarga a las horas del descanso, trabajador incansable, febril en su actividad de educador. Gabriela, alta, con esos ojos que imponían respeto pero a la vez daban constancia de una serenidad aprendida a punta de dolores, se pone a las órdenes del Ministro que avizora un destino mejor para las generaciones por venir. Su metodología se ha acerado en el conocimiento constante y el análisis de los grupos humanos y su contexto histórico, social y económico. La letra no entra con sangre sino con amor y una profunda dedicación a los problemas que plantean la niñez y la adolescencia. Gabriela ha de conocer y, por tanto, amar a México a todo lo ancho de su territorio y su gente

> .....
> En la luz sólo existen
> eternidades verdes,
> remada de esplendores
> que bajan y que ascienden.
> Las Sierras Madres pasa
> su pasión vehemente.
> El indio que los cruza
> como que no parece.
> Maizal hasta donde
> lo postrero emblanquece,
> y México se acaba
> donde el maíz se muere.

Gabriela va a conocer también la realidad del indio, del mestizo, del ignorado que es quien ha trazado las veredas en la selva y ha trepado por las mesetas con su turquesa, con su mica y su soledad, hermana de Gabriela. Conoce y va conociendo, jamás habría de cansarse de hacerlo y a la maestra de la Revolución, Lolita Arriaga, le ha de decir

> Lolita Arriaga, de vejez divina,
> Luisa Michel, sin humo y barricada,
> maestra parecida a pan y aceite
> que no saben su nombre y su hermosura
> pero que son "los gozos de la Tierra".
> .....

> vestida de tus fábulas como jaguar de rosas,
> cortándolas de ti por darlas a los otros
> y tejiéndome a mí el ovillo del sueño
> con tu viejo relato innumerable.

A Veracruz llega Gabriela y de este mar distinto al nuestro, con otros olores y frutos diferentes, ha de acordarse cada vez que abra los ojos. Mientras tanto, hay que poner manos a la obra, aligerar el paso y dejar que la pluma llene las cuartillas con anotaciones y proyectos. Vasconcelos y la escritora coincidían en que la lectura motiva al hombre y lo enriquece. Fue especial preocupación del Ministro dotar a los alumnos de las escuelas de antologías y textos didácticos que facilitaran el aprendizaje y lo hicieran más ameno. Entonces encomienda a Gabriela elaborar un libro para niñas. Dentro de la concepción vasconceliana se advierte un criterio moral importante para la formación de buenos ciudadanos. La escritora propone algo parecido a una antología que se convierta en libro de cabecera para las futuras mujeres. Se percibe algo interesante en esto: Gabriela, que jamás había sido madre, estima que la función principal de toda mujer es la maternidad. Feminismo de otra época, es verdad, que citamos como prueba del constante sufrimiento en la poetisa por la ausencia de un hijo. Aunque nuestra concepción es diferente porque creemos que la maternidad es una de las múltiples posibilidades de la mujer, apreciamos la cuña que hiende este desgarbado cuerpo femenino y nos imaginamos cuánta dedicación pondría para seleccionar a los autores y elegir las producciones. Cada vez que uno compila, deja testimonio de gustos y amores. La escritora estima que la mujer puede cultivar sus dotes naturales a través de lo artístico y en forma diferente al varón. No olvidemos que se trata de otra época y que la mujer todavía permanecía en muchos países de América Latina en el rincón del hogar, poco tiempo dedicaba a su formación cultural, segura de que su único destino era el matrimonio. Desde ese ángulo y considerado el contexto histórico no deja de ser loable la iniciativa. Con certeza Gabriela conocía a Severo Catalina, español, que también elaborara unas lecturas dedicadas a la mujer. La poetisa acusa de inmediato una concepción más avanzada y no se pierde en tantas divagaciones moralizantes. Vasconcelos encarga este trabajo a quien mejor podía realizarlo por nivel cultural y por simpatía con la temática. Curiosa resulta la dicotomía entre la mujer que imprecó violentamente ante las separaciones, la muerte, el suicidio del bienamado y la maestra que pide a las mujeres que no pierdan su vida en el deseo y sólo consideren al amor regido por el matrimonio. Curioso para quien se haya quedado con una forma únicamente de Gabriela. No es de extrañar que la eterna despojada se volviera a generaciones nuevas en forma de guía para que no caigan en sus propios dolores. Se plenifica de amor materno con estas hijas que nunca tuvo pero que quiere perfectas y sin las angustias que a ella la marcaron. Como escritora de sus pasiones fue más libre, como mujer se negó la dulzura y como maestra se obliga a ser ejemplo. Facetas que confluyen en la mujer que desde lejos hemos conocido y al no haber cruzado palabra con ella, sólo valga la belleza de su obra. *Lecturas para mujeres* es el título que acuerda colocar a su recopilación, a la que añade pequeños trabajos suyos. Decimonónica tal vez, al decir de Sara Sefchovic en el concepto de mujer que maneja, con autores como Rabindranath Tagore, Eduardo Marquina, Charles Baudelaire, John Ruskin, Rubén Darío, José Martí, María Enriqueta, Juan Maragall, Enrique González Martínez, Paul de Saint-Victor, Rodó, Carducci, Juan Montalvo, Gabriel Miró, Amado Nervo, Leopoldo Lugones, Arturo Capdevila, Guillermo Valencia, Paul Fort, Ernesto Hello, Leconte de Lisle, Santiago Rusiñol y otros más. Toda una época, la contemporánea y la precedente a Gabriela, aparece en los nombres de los antologados; la temática está impregnada de un sentido didáctico que propende a que la mujer se aparte de cuanto pudiera desviarla de su papel de madre. Es muy posible que en una época (después de la Revolución) que significaba el peldaño previo a una mayor estabilización, el Ministerio de Educación le hubiera encargado un libro en términos absolutamente didácticos, para apaciguar un tanto la polémica levantada en su contra por causa de haber convocado a muchas mujeres a colaborar con él como profesionales. No olvidemos la cerrada oposición de las llamadas familias bien, a que las jóvenes continuaran estudios universitarios. Época difícil la de transición. En ese contexto debió la poetisa recopilar los textos, a la vez que, como es lógico, hubo de estudiar a fondo la idiosincrasia de los mexicanos, para entregar una obra que llegara al mayor número de personas. Cuando el ministro Vasconcelos cesó en sus funciones, el libro quedó en manos de la escuela técnica femenina que llevaba el nombre de la escritora chilena y posteriormente tuvo dos nuevas ediciones.

Además de estas *Lectura para mujeres,* Gabriela se dedicó a organizar las misiones rurales, las bibliotecas populares y ambulantes. Esta primera vez estuvo dos años en México. Para la segunda oportunidad, que se dio en 1948, la escritora ya había obtenido el Premio Nobel de Literatura.

En esta fecha, el ministro de Educación era Jaime Torres Bodet. Fue él quien extendió la invitación para la poetisa. Entró en avión por Yucatán y al bajar sufrió el colapso al que ya nos hemos referido. No le sería posible residir en el Distrito Federal por la enorme altura; su fatigado corazón se lo impedía. En busca de mar y tierras más bajas, arriba a Veracruz y por gentileza de su amigo Rafael Murillo y su esposa ocupa sucesivamente las residencias de Jalapa, El Lencero, La Orduña. Más tarde vivió en Fortín de las Flores y abrió el consulado en Veracruz. La invitación del gobierno mexicano era para dos meses; el resto del tiempo, Gabriela residió por cuenta propia en el país que le dio alegrías y dolores; tal vez la mayor dicha de la poetisa fue ver a 3 000 niños de las escuelas primarias que en el Bosque de Chapultepec entonaron sus rondas; amó a México profundamente y se fue el 31 de diciembre a Estados Unidos en un barco petrolero. La estadía en la patria del maíz había sido fructífera, especialmente por los dilectos amigos que tuvo y la obra a la cual entregó todo su entusiasmo. Sin embargo, salía igual que de todos los encuentros: con la sensación de ser extraña, ajena a muchas cosas en las cuales los hombres ponen el corazón. Nuevamente con su equipaje de sueños se enfrentaba al mar que se parecía a su alma, por azul, lejano y eterno. Había abandonado su casita de Miradores y se lanzaba a la sempiterna aventura de dar sin aguardar recompensa. En México percibió con mayor claridad el drama de los desvalidos, de quienes se sintió siempre hermana; de la niñez abandonada, de la mujer que lucha para lograr un lugar de respeto en la sociedad. Tejedora de sueños, amiga de los duendes, encantadora de las canciones de cuna, otra vez se terciaba la simbólica adarga para luchar contra molinos de viento.

Sigo escribiendo "arrullos" con largas pausas; tal vez me moriré haciéndome dormir, vuelta madre de mí misma, como las viejas que desvarían con los ojos fijos en sus rodillas...
Pudieran no servir a nadie y las haría lo mismo. Tal vez a causa de que mi vida fue dura, bendije siempre el sueño y lo doy por la más ancha gracia divina. En el sueño he tenido mi casa más holgada y ligera, mi patria verdadera, mi planeta dulcísimo. No hay praderas tan espaciosas, tan deslizables y tan delicadas para mí como las suyas.

En México encontró a los campesinos recién inaugurados como personas. Zapata exigió la tierra para quienes la trabajan. Gabriela comulgaba con esta idea, pues desde sus lejanas tierras del norte de Chile, cerca estuvo de las espaldas curvadas que siembran. La maestra rural, la joven que debió trabajar para ganar el sustento, la profesora que de noche concurrió para enseñar a los campesinos y a los obreros, cerca estuvo de la frente sudorosa del campesino mexicano y su despegue a regiones más claras del entendimiento donde se le reconociera su calidad humana. Y amó la geografía mexicana, su exuberancia, la calidez de sus zonas áridas, el misterioso Mayab. Y zahorí como era, sitúa dos puntos sobre la Tierra que le sirven de partida, de rosa de los vientos y de eterna llegada: Monte Grande y el Mayab. Monte Grande de su tierra natal y Yucatán, suma de culturas y pueblo que arrastra la gloria del Popol Vuh y los fantasmas de la raza.

>   Hay dos puntos en la Tierra:
>   Montegrande y el Mayab.
>   Como sus brocales arden
>   se les tiene que encontrar.

Magia a que puede aspirar la peregrina de tantos soles. Siente alados los pies, pero la tierra germinal la atrae imperiosa y busca raíces, a lo mejor las que no le concediera la sangre

>   Hay dos estrellas caídas
>   a espirales y arenal;

> no las contaron por muertas
> en cada piedra de umbral.
> El canto que les ardía
> nunca dejó de llamar,
> y a más andamos, más crecen
> como el padre Aldebarán.

Gustaba de las estrellas y conocía de astrología. Venía de nuestro desierto donde el hombre se pone los ojos más claros y percibe el contorno de los astros. Los mayas horadaron el firmamento desde sus pirámides semejantes al zigurat. Gabriela descubre las bellezas, enseñada por el Chilam Balam y por sus andariegos pies que no descansan hasta llegar a Chichén Itzá, punto de partida para entender algunas cosas. Quizá es el mayor testimonio de amor por México. Veamos estos versos que dedica a Emma y a Daniel Cosío Villegas

> Hay dos puntos cardinales:
> Montegrande y el Mayab.
> Aunque los ciegue la noche
> ¿quién los puede aniquilar?
> y los dos alciones vuelan
> vuelo de flecha real.
> . . . . .
> Pero por si regresásemos
> nos dejaron en señal,
> los pies blancos de la ceiba
> y el rescoldo del faisán.

Se había cumplido un ciclo para su soledad cuando deja México y de allí habría de extraer nuevas canciones para seguir andando. Emigrante de todas las fronteras, ha de llegar desnuda al mar, al vientre materno que la recibirá cuando cese de caminar

> Voy más lejos que el viejo oeste
> y el petrel de tempestad.
> Paro, interrogo, camino
> ¡y no duermo por caminar!
> Me rebanaron la Tierra,
> sólo me han dejado el mar.
> . . . . .
> No llevo al pecho las mentas
> cuyo dolor me haga llorar.

Tan sólo llevo mi aliento
y mi sangre y mi ansiedad.
. . . . .
A cada trecho de ruta
voy perdiendo mi caudal:
una oleada de resinas,
una torre, un robledal.
Suelta mi mano sus gestos
de hacer la sidra y el pan
¡y aventada mi memoria
llegaré desnuda al mar!

POR QUÉ GABRIELA

ENTRE tantos poetas, ¿qué nos hace detener frente a esta mujer que pasó por el mundo ajena a espectacularidades, absolutamente celosa de su intimidad? Sus metros son duros, la rima, muchas veces forzada, simple la temática. De ninguna manera pudiéramos proponerla como corifeo de tendencias. Y sin embargo, su obra persiste y se entrega a quien se aventura a leerla, perdida en textos escolares —tal vez los únicos que le han sido fieles hasta hoy—. En verdad resulta una aventura espigar en poemas o demasiado largos o demasiado breves; las angustias de su ser se redujeron a elementales gritos en medio de la selva lírica que ha caracterizado a Latinoamérica.

Difícil es destacarse como poeta en países como Chile, Colombia, Venezuela, pletóricos de vates e iluminadas poetisas. Por lo general, quienes se dedicaron al mundo del verso se rodean de poderosos segmentos de atracción, lo cual va enmarcando la obra, hasta parecer arduo apartar lo publicitario del meollo de interés. En la Antigüedad, Safo se recluye con sus féminas en Lesbos, donde ejercitan la rima y dan cauce a formas diferentes de amor. Juana de Asbaje se va a un convento para que resalte con brillo mayor su pluma sostenida por delicada mano; su retiro monacal se convierte en tertulia y carmen para la sociedad virreinal. Juana de Ibarbourou se enamora embelesada de sí misma y empiezan a llamarla Juana de América. Delmira Agustini formula el mito de su cuerpo hermoso, agotándose en el placer hasta caer asesinada en una casa de citas. Alfonsina Storni desacraliza la leyenda y es irremediablemente fea, más allá de la belleza de sus versos. Silvia Plath es una niña que buscó conmover con sus suicidios permanentes. Gabriela nada exhibió que pudiera llevarla a mito.

Su acontecer es narrable en pocas líneas; nada le hubiera indignado más que su dolido paso fuera asaltado por los profesionales del escándalo. Su obra es más bien parva; algunas cosas suyas aún permanecen en la sombra; sólo contamos con *Desolación*, *Ternura*, *Tala*, *Lagar* y sus colaboraciones a la causa de la justicia escrita en prosa tosca y vibrante, carente de altura retórica. En lo personal los premios no me conmueven mayormente, pero no puede dejar de considerarse que el Nobel concedido a alguien de la calidad de Gabriela significa un reconocimiento a formas propias de nuestro continente, igual como más tarde ocurriría con Neruda. No olvidemos que la Mistral es una posmodernista que transforma lo cursi inaugurado por Rubén Darío en una vertiente de expresión para los elementos vitales y poéticos que nos diferencian de Europa. Lo que hubiera podido derivar en un malsano criollismo se eleva en Gabriela a una categoría estética trascendida por lo vivencial: los piececitos del niño latinoamericano pobre están azulosos de frío y comparten la miseria de todos los desheredados; la campesina que se inclina para sembrar la papa y el trigo tiene la piel curtida de todas las campesinas del mundo; el empapelado amante luce los rostros de la adolescencia posterior al romanticismo; las mujeres desasidas, las desveladas, saben de los montes y los bosques de pino como todas las mujeres que dejaron encendida la lámpara aguardando al esposo. Considero que éste es un mérito fundamental en esta escritora chilena: haber podido transmutar su dolida condición de abandonada a una categoría universal, teñida con los colores propios del continente donde nace. Valiéndose de todo tipo de elementos poéticos crea una metáfora sensorial y a la vez exquisitamente estilizada, que le permite sacar del pequeño contexto personal las razones de su lamento. Gabriela es rapsoda de sí misma y de toda persona que ha probado el amor y la soledad, el desprecio, la mezquindad y el solitario orgullo de los débiles que debieron parecer fuertes por instinto de conservación.

Gabriela canta el paisaje de la tierra nuestra desde un punto de vista romántico (lo hace consustancial al hombre) pero en una forma diferente a Leopoldo Lugones, a la Ibarbourou, es decir, lo narrativo no le impide ahondar en las causas históricas y sociales que condicionan las diferentes formas latinoamericanas

> ¡En el mundo está la luz,
> y en la luz está la ceiba,
> y en la ceiba está la verde
> llamarada de la América!
> .....

En el blanco mar Antártico
prueba el mar hasta las heces,
y en un giro da la vuelta
donde el mundo desfallece,
la ronda de la Argentina
que en el Trópico aparece...
. . . . .
El papagayo verde y amarillo,
el papagayo verde y tornasol,
me dijo "fea" porque no ha comido
y el pan con vino se lo llevo yo,
que ya me voy cansando de mirarlo
siempre colgado y siempre tornasol...
. . . . .
...rueda y rueda, se oyen los ríos
en cascadas que no se cuentan.
Se oyen mugir los animales;
se oye el hacha comer la selva.
Se oyen sonar telares indios.
Se oyen trillas, se oyen fiestas...

La presencia del hombre sufridor y cambiante, motor de la vida, transformador de la naturaleza, representa un constante testimonio de su profundo conocimiento de la historia de cada pueblo habitador de América Latina, y de su fruto último, hijo de España y del indígena. La poetisa así lo concibe: en su origen real y su lucha la entabla contra quienes conculcan la libertad del habitante, contra los que pasan sin ver. La Mistral logra universalizarnos partiendo de nuestra particularidad como latinoamericanos. Por eso conoce tan bien la flora y fauna de cada país nuestro y puede hablarnos con propiedad de los sucesos de nuestra común historia. Igual ocurre con su versión del amor. En un principio señalábamos su origen de clase. Ella lo trasciende, ya que fue capaz, a partir de su conciencia de joven de clase media de principios de siglo, de lograr una conciencia de mujer aquejada por la mala consideración de que ha sido objeto en un continente donde el machismo, legado de la sociedad capitalista, deifica al varón para someterlo en el laberinto doméstico con una madre expoliada que se venga mutilando al hijo como ente en comunidad y lo deja sempiterno niño, dependiente de la *Mater* dadora. Esa conciencia la obtiene a partir de sus traumas; entiéndase que nos referimos a una conciencia poética, lo cual le permite vaciar en un objeto de arte su dolor y de todos cuantos siente próximos. Estimo que por ahí podemos empezar a entender la resonancia de la voz de esta mujer en el mundo. Pero como los encajes que han dormido largo tiempo en el baúl de la abuela y de pronto descubrimos porque nos hace falta algo precioso y distinto para la fiesta, a Gabriela la resucita el centenario de su nacimiento. Señalo esto, pues es curioso que a la Mistral nunca se la ha considerado, por lo menos en la patria, en toda su magnitud. Por años ha continuado siendo una provinciana desconocida que se nos quedó en la imagen de los textos de escuela primaria. Y es raro, ya que sus poemas, a excepción de las rondas y canciones, son para decirse en voz muy baja y contienen un universo rico en sensaciones. Creo que aún ella se hace daño; su tosca apariencia, su palabra seca que rara vez se endulza en sonrisa le sigue jugando malas pasadas.

> ...es mi día hora por hora
> esperarles tras una puerta
> seguras de ellos como de mí
> ojos, oídos y alma ciertas...

En eso consistió el drama: la puerta que ella cerró por mano propia, la negación a entregarse tal como era, víctima constante del miedo, pese a su voluntad de ser. Detrás de aquella puerta imaginó y amó las figuras del sueño con que sustituyó la realidad inmediata que no podía vencer, prisionera de sus fantasmas, con el cortejo de murciélagos que la acompañan hasta ahora. Y fabrica un historial de sombra porque teme que la luz la desnude ante sus amores. La sensitiva sufre por el mínimo roce y se encapulla para que el aire no destroce la casa de neblina donde caben las sombras de su sombra multiplicada al infinito

> A la mesa se han sentado,
> sin señal, los forasteros,
> válidos de casa huérfana
> y patrona de ojos ciegos;
> y al que es dueño de esta noche
> y esta mesa no le tengo,

> no le oigo, no le sirvo,
> no le doy su mango ardiendo.

Habitó regularmente en una superrealidad, semejante a la que pinta Remedios Varo; las últimas guedejas de los sueños le impiden despertar cada mañana y cuando se enfrenta a quienes tuvieron los brazos llenos la noche anterior, se porta dura, terminante, seca figura que más habla de los muertos que de la vida que estalla a cada costado suyo.

Sonámbula perpetua no permitió que nadie, ni sus amores, penetraran a la habitación repleta de su muerte; a nadie permitió traspasar el umbral del roto espejo; solamente dejó sus descripciones interiores en finísima pintura cercana al surrealismo, donde imperan sus verdes melancólicos, sus blancos heridores, sus dorados opacos

> Mi soledad tengo a diestra
> en un escarchado helecho,
> y delante un pan ladeado
> de dos bandas de silencio,
> y mi balbuceo rueda,
> como las algas, sin eco.

Orgullosa fue, pero no conoció la vanidad; más que orgullo, diré dignidad. Otra vez la marca de su gente que se esconde a llorar para no dar el espectáculo de sus lágrimas. Ceñida mujer dolorosa que jamás confidenció sus cuitas de amor ni sus alegrías. Tal vez demasiado avara de la escasa dicha que obtuvo en la vida se enclaustró como caracol que arrastra la casa de los sueños que no se atreve a compartir con nadie. ¿O quizá terror de ser descubierta tan demasiado humana y capaz de pasiones enormes en su cuerpo que ha vuelto conscientemente sudario de sí misma?

> Yo tengo una palabra en la garganta
> y no la suelto, y no me libro de ella
> aunque me empuje su empellón de sangre.
> Si la soltase, quema el pasto vivo,
> sangra el cordero, hace caer al pájaro.

Tantas veces, aun de niña, fue señalada con los índices que los mediocres esgrimen cuando están frente a quien rompe sus estrechos esquemas. Tantas que se negará a dar forraje a los felices de engullirla como delgada gavilla. Su única salida fue hacia una región de sombra por ella inventada y que habría de convertirse en admirable para el mundo.

Aspirante al círculo del cosmos, sin principio ni fin, ha de fundirse con su creación y sus creaturas sonámbulas como ella. A aquel santuario de niebla transporta a todos los seres que amó y de los cuales se sintió indisolublemente unida: la madre, la hermana, la sobrina Graciela, los hombres sin nombre, Romelio Juan Miguel. Allí están todos con sus rostros de un color distinto al humano, con el color que el sueño brinda y va cambiando según el paso de la Luna

>   Estoy sola con la Noche,
>   la Osa Mayor, la Balanza,
>   por creer que en esta paz
>   puede viajar tu palabra...

La Mistral se creó un ámbito entre el cielo y la tierra, en las tinieblas exteriores y se dejó guiar por la Cábala, los astros, el murmullo; todo cuanto le permitiera huir de las ataduras que ella misma se había fabricado cuando alumbrada por una vela escribía en cuadernillos hurtados o viajaba por el mundo, pasajera en las páginas de los libros que tanto amó. Su humana sustancia viró necesariamente a regiones con seres que no podían dañarla y más bien la complacían porque allí sí era la *Mater genitora* que ordena los elementos de acuerdo con sus vísceras y nadie intenta desacomodar este universo en el que puede ser tierra y rocío, donde sus amores la aman y no ha de imaginarse distinta para gustar. Al padre, Jerónimo el del gayo cantar, lo ha colocado vestido de vidrio emplomado, como un vitral suspendido en esta casa de sueño: él y Emelina; varón que debe sufrir el castigo de su silencio y lucirá su plumaje aprisionado en el vidrio, sin que podamos oír su voz; la hija abandonada lo condenaría a la mudez eterna, a él que tanto placía desmoronar las cuerdas de la guitarra y cantarle a las buenamozas de su tierra. Inmóvil también Romelio, segundo dejador. Inmóvil con sus abiertas sienes que un día Gabriela consideró fragantes rosas que ahora se han quedado a tajo entre la muerte y una divinidad que no iría a su encuentro por haber traicionado. El juicio de Gabriela es implacable: los ojos castaños se tornan cuencas vacías y el cuerpo ha de mecerse sobre un lecho de sábanas no tocadas. Guarde silencio también el traidor, el que la negó y setenta veces siete aparezcan nardos de cera para alumbrar la cara adolescente de Yin Yin; a él sí quiere Gabriela darle señales para que vuelva

> Yo no quiero enmudecer, vida mía.
> ¿Cómo sin mi grito fiel me hallarías?
> ¿Cuál señal, cuál me declara, vida mía?

Otra gran solitaria, Emily Brontë, en el siglo pasado dijo palabras seguras sobre el eterno retorno de quienes son capaces de vencer a la muerte: los verdaderos amantes. En la casa de sueños aguarda la vuelta de Juan Miguel y le proporciona pistas para que no equivoque el camino y pueda continuar el sombrío tránsito. A Yin Yin no le asustó subir por las ramas resplandecientes del *sephirot*[1] y, por eso, ella no convoca en el tiempo-espiral, donde todo es y vuelve a ser, donde las distancias no existen y un niño casi, un muchacho, puede ser sujeto de amor para la mujer fuerte y madura

> Te espero sin plazo y sin tiempo.
> No temas noche, neblina ni aguacero.
> Acude con sendero o sin sendero.
> Llámame adonde tú eres, alma mía,
> y marcha recto hacia mí, compañero.

Y por el conjuro de Gabriela, Yin Yin puede volver a hablar y su palabra tiene el sabor del vino o del pisco de Elqui. Y doña Petronila, que tenía ojos hermosos, se vuelve una planta de menta que conversa y perfuma; a Petronila la Tierra la quiso porque sabía sonreír y su paso era leve, tanto que en la cadena de transmigraciones la poetisa no sabe reconocerla y clama

> ¿Quién lleva su forma ahora
> para salir a encontrarla?

[1] *Sephirot*: en la tradición judía es un equivalente al Árbol de la Vida. Está formado de las principales facultades del hombre: inteligencia, belleza, sensaciones, etcétera.

.....
>Esta noche que está llena
>de ti, sólo a ti entregada,
>aunque estés sin tiempo, tómala,
>siéntela, óyela, alcánzala...

Plantita de menta, como la hermana tierna que le abrevó las mieles cuando apenas ponía el pie en el suelo y la condujo, sin hacerse notar, por la vida. Allí permanece Emelina, humilde abeja que alcanzó a asomarse al brocal de la escritora celosa de su casa de sueños. Como figuras que van y vienen, los otros amores, los que hemos debido adivinar en su poesía. Van y vienen, se bambolean y Gabriela los alza antes que caigan; sus bocas están cosidas con hilo de plata y por eso no pueden reír; están condenados al silencio, que es la gota de agua que cae interminablemente cerca de los helechos helados y las fibras de la noche que han de formar espesa cuerda para que entre Yin Yin a caballo de un ave fénix. Los nardos de cera se han encendido como todas las noches. Gabriela está bañada con los óleos aromáticos para recibir al amado; lleva su túnica violeta de penitente y en la mata de pelo se advierte la ceniza. Ahora comienza el rito; es necesario desgarrar las vestiduras para que aparezca la carne y la piel que latieron por el adolescente cuerpo no parido por ella, pero sigue teniendo vergüenza de su boca triste, de sus rudas rodillas; de nuevo sentirá preciso callar para que no la conozca el amado ni los que pasan por el sueño vivo; no es Judith ante Holofernes ni Ruth espigando a los ojos de Booz; es solamente una sombra que sujeta moradas telas para que el cuerpo no asome; necesita cilicio porque jamás ha aprendido a amar. Llama a las otras, a las amigas que la acompañan en la vela del amado

>¿En dónde tejemos la ronda...?

y las amigas le tienden las manos desde sus sillas de caballitos de mar donde ella las ha puesto a descansar. Nadie podrá ayudarte, Gabriela, inicia otra vez la ceremonia y quítate el cilicio y las cenizas del cabello, vuelve a ungirte con áloe y mirto para que puedas abrir los brazos más allá de la túnica violeta que te dejó a medio camino siempre. Los nardos de cera se han encendido, prende tu lámpara para que el hombre encuentre el camino y pueda penetrarte de soles y así logre madurar tu tierra reseca. Has podido ser vid y elegiste tamarugo; pudiste ser alondra y preferiste corneja; tenías claro el pelo y lo aplastaste; tus pechos se quedaron prendidos a la saya gris sin forma. Ahora, Gabriela, pon cuidado para que al romper la túnica violeta la Luna ilumine tu cuerpo, lo restablezca y le quite lo amarillento de la muerte. Los nardos de cera se han encendido y, por pudor, nos alejamos de este rito nocturno que nunca acaba porque nunca empieza; porque ella, "igual que humareda, ni llama ni brasa, es una espiral y una liana en este ruedo de humo denso".

En su casa de sueño la dejamos después de intentar desempolvar su rostro para percibir en él la distinta nota de la verdad. Seguramente no lleguemos jamás a lograrlo; se nos ha de esconder y aparecerá cuando alguien se estruje las manos abandonadas, cuando un niño recite sus rondas o cuando ella se asome a lo alto de la Cordillera para enseñarnos a caminar por el cuerpo de Chile

...a hilvanes deshilvanados,
por los hielos derretidos...
. . . . .
Patria y nombre te devuelvo,
para fundirte en el olvido,
antes de hacerte dormir
con tu sueño y con el mío.
. . . . .
Vamos a dormir, si es dable,
tú, mi atarantado ciervo,
y mi bronce silencioso,
en mojaduras de helechos,
si es que el puelche maldadoso
no vuelve a darnos manteo...

Que esta noche no te corra
la manada por el sueño,
mira que quiero dormirme
como el coipo en su agujero,
con el sueño duro de esta
luma donde me recuesto.

De nuevo se nos escapa su figura de caminante resignada; es puro humo y no es posible detenerla más que escasos segundos y se acoge al zonda [2] y al puelche [3] para que la hagan brincar la Cordillera y se hunda en los mundos. La hemos tenido una escasa fracción en el tiempo-espiral y hemos conocido algo más de sus penas y acedías sin que haya sido posible arrancarle toda la verdad de sus motivos. Escasos segundos pudimos tomar el rostro del hijo que no tuvo, al cual le dio mil cunas y decidimos dejarla otra vez con sus amapolas y sus algas apagando los nardos para empezar el día.

México, D. F., entre enero y marzo de 1989.

[2] Zonda: Viento caliente del desierto nortino en Chile.
[3] Puelche: Viento frío del sur de Chile.

ANTOLOGÍA

NOTA

Innumerables criterios es posible seguir para elaborar una antología. En el caso de Gabriela Mistral, he procurado no perder de vista los temas fundamentales: amor, soledad, maternidad, muerte, humanismo-tierra. En torno a ellos recogí poemas que por cierto no guardan ilación cronológica. La obra de un escritor no puede encerrarse en arbitrarios referentes temporales en un sentido lineal, ya que existe una secuencia de los sentidos y sus percepciones, mucho más rica, que alcanza una dimensión de curva que va y viene dentro del universo artístico. Procuro que esta compilación tenga únicamente el carácter de incitación a leer con mayor detenimiento la obra completa de esta singular persona que fue la Mistral.

La autora

LOS SONETOS DE LA MUERTE

1

Del nicho helado en que los hombres te pusieron,
te bajaré a la tierra humilde y soleada.
Que he de dormirme en ella los hombres no supieron,
y que hemos de soñar sobre la misma almohada.

Te acostaré en la tierra soleada con una
dulcedumbre de madre para el hijo dormido,
y la tierra ha de hacerse suavidades de cuna
al recibir tu cuerpo de niño dolorido.

Luego iré espolvoreando tierra y polvo de rosas,
y en la azulada y leve polvareda de luna,
los despojos livianos irán quedando presos.

Me alejaré cantando mis venganzas hermosas,
¡porque a ese hondor recóndito la mano de ninguna
bajará a disputarme tu puñado de huesos!

2

Este largo cansancio se hará mayor un día,
y el alma dirá al cuerpo que no quiere seguir
arrastrando su masa por la rosada vía,
por donde van los hombres, contentos de vivir...

Sentirás que a tu lado cavan briosamente,
que otra dormida llega a la quieta ciudad.
Esperaré que me hayan cubierto totalmente...
¡y entonces hablaremos por una eternidad!

Sólo entonces sabrás el porqué, no madura
para las hondas huesas tu carne todavía,
tuviste que bajar, sin fatiga, a dormir.

Se hará luz en la zona de los sinos oscura;
sabrás que en nuestra alianza signos de astros había
y, roto el pacto enorme, tenías que morir...

3

Malas manos tomaron tu vida desde el día
en que, a una señal de astros, dejará su plantel
nevado de azucenas. En gozo florecía,
Malas manos entraron trágicamente en él...

Y yo dije al Señor: "Por las sendas mortales
le llevan. ¡Sombra amada que no saben guiar!
¡Arráncalo, Señor, a esas manos fatales
o le hundes en el largo sueño que sabes dar!

¡No le puedo gritar, no le puedo seguir!
Su barca empuja un negro viento de tempestad.
Retórnalo a mis brazos o le siegas en flor."

Se detuvo la barca rosa de su vivir...
¿Que no sé del amor, que no tuve piedad?
¡Tú, que vas a juzgarme, lo comprendes, Señor!

INTERROGACIONES

¿Cómo quedan, Señor, durmiendo los suicidas?
¿Un cuajo entre la boca, las dos sienes vaciadas,
las lunas de los ojos albas y engrandecidas,
hacia un ancla invisible las manos orientadas?

¿O Tú llegas después que los hombres se han ido,
y les bajas el párpado sobre el ojo cegado,
acomodas las vísceras sin dolor y sin ruido
y entrecruzas las manos sobre el pecho callado?

El rosal que los vivos riegan sobre la huesa,
¿no le pinta a sus rosas unas formas de heridas?
¿no tiene acre el olor, sombría la belleza
y las frondas menguadas de serpientes tejidas?

Y responde, Señor: Cuando se fuga el alma,
por la mojada puerta de las largas heridas,
¿entra en la zona tuya hendiendo el aire en calma
o se oye un crepitar de alas enloquecidas?

¿Angosto cerco lívido se aprieta en torno tuyo?
¿El éter es un campo de monstruos florecido?
¿En el pavor no aciertan ni con el nombre tuyo?
¿O van gritando sobre tu corazón dormido?

¿No hay un rayo de sol que los alcance un día?
¿No hay agua que los lave de sus estigmas rojos?
¿Para ellos solamente queda tu entraña fría,
sordo tu oído fino y apretados tus ojos?

Tal el hombre asegura, por error o malicia;
mas yo, que te he gustado, como un vino, Señor,
mientras los otros siguen llamándote Justicia,
¡no te llamaré nunca otra cosa que Amor!

Yo sé que como el hombre fue siempre zarpa dura;
la catarata, vértigo; aspereza, la sierra.
¡Tú eres el vaso donde se esponjan de dulzura
los nectarios de todos los huertos de la Tierra!

LA SOMBRA INQUIETA

I

FLOR, flor de la raza mía, Sombra Inquieta,
¡qué dulce y qué terrible tu evocación!
El perfil de éxtasis, llama la silueta,
las sienes de nardo, l'habla de la canción.

Cabellera luenga de cálido manto.
pupilas de ruego, pecho vibrador;
ojos hondos para albergar más llanto;
pecho fino donde taladrar mejor.

Por suave, por alta, por bella ¡precita!
fatal siete veces; fatal ¡pobrecita!
por la honda mirada y el hondo pensar.

¡Ay! quien te condene, vea tu belleza,
mire el mundo amargo, mida tu tristeza,
¡y en rubor cubierto rompa a sollozar!

II

¡Cuánto río y fuente de cuenca colmada,
cuánta generosa y fresca merced
de aguas, para nuestra boca socarrada!
¡Y el alma, la huérfana, muriendo de sed!

Jadeante de sed, loca de infinito,
muerta de amargura la tuya en clamor,
dijo su ansia inmensa por plegaria y grito:
¡Agar desde el vasto yermo abrasador!

Y para abrevarte largo, largo, largo,
Cristo dio a tu cuerpo silencio y letargo,
y lo apegó a su ancho caño saciador...

El que en maldecir tu duda se apure,
que puesta la mano sobre el pecho jure:
"Mi fe no conoce zozobra, Señor."

III

Y ahora que su planta no quiebra la grama
de nuestros senderos, y en el caminar
notamos que falta, tremolante llama,
su forma, pintando de luz el solar,

cuantos la quisimos abajo, apeguemos
la boca de la tierra, y a su corazón,
vaso de cenizas dulces, musitemos
esta formidable interrogación:

¿Hay arriba tanta leche azul de lunas,
tanta luz gloriosa de blondos estíos,
tanta insigne y honda virtud de ablución

que limpien, que laven, que albeen las brunas
manos que sangraron con garfios y en ríos,
¡oh, Muerta! la carne de tu corazón?

Del libro *Desolación*

Nota de la autora. La poesía *La sombra inquieta* es un comentario de un libro que, con ese título, escribió el fino prosista chileno Alone. El personaje principal es una artista que pasó dolorosamente por la vida.

VOLVERLO A VER

¿Y NUNCA, nunca más, ni en noches llenas
de temblor de astros, ni en las alboradas
vírgenes, ni en las tardes inmoladas?

¿Al margen de ningún sendero pálido,
que ciñe el campo, al margen de ninguna
fontana trémula, blanca de luna?

¿Bajo las trenzaduras de la selva,
donde llamándolo me ha anochecido,
ni en la gruta que vuelve mi alarido?

¡Oh, no! ¡Volverlo a ver, no importa dónde,
en remansos de cielo o en vórtice hervidor,
bajo una luna plácida o en un cárdeno horror!

¡Y ser con él todas las primaveras
y los inviernos, en un angustiado
nudo, en torno a su cuello ensangrentado!

Del libro *Desolación*

CANCIONES DE SOLVEIG

I

La tierra es dulce cual humano labio,
como era dulce cuando te tenía,
y toda está ceñida de caminos...
Eterno amor, te espero todavía.

Miro correr las aguas de los años,
miro pasar las aguas del Destino.
Antiguo amor, te espero todavía:
la tierra está ceñida de caminos...

Palpita aún el corazón que heriste:
vive de ti como de un viejo vino.
Hundo mis ojos en el horizonte:
la tierra está ceñida de caminos...

Si me muriera, El que me vio en tus brazos,
Dios que miró mi hora de alegría,
me preguntara dónde te quedaste,
me preguntara, ¡y qué respondería!

Suena la azada en lo hondo de este valle
donde rendida el corazón reclino.
Antiguo amor, te espero todavía:
la tierra está ceñida de caminos...

II

Los pinos, los pinos
sombrean la cuesta:
¿en qué pecho el que amo
ahora se recuesta?

Los corderos bajan
a la fuente pía:
¿en qué labio bebe
el que en mí bebía?

El viento los anchos
abetos enlaza:
llorando como hijo
por mi pecho pasa.

Sentada a la puerta
treinta años ya espero.
¡Cuánta nieve, cuánta
cae a los senderos!

III

La nube negra va cerrando el cielo
y un viento humano hace gemir los pinos;
la nube negra ya cubrió la tierra;
¡cómo vendrá Peer Gynt por los caminos!

La noche ciega se echa sobre el llano,
¡ay!, sin piedad para los peregrinos.
La noche ciega anegará mis ojos:
¡cómo vendrá Peer Gynt por los caminos!

La nieve muda está bajando en copos:
espesa, espesa sus tremendos linos
y ya apagó los fuegos de pastores:
¡cómo vendrá Peer Gynt por los caminos!

Del libro *Desolación*

CANCIÓN DE LA MUERTE

La vieja Empadronadora,
la mañosa Muerte,
cuando vaya de camino,
mi niño no encuentre.

La que huele a los nacidos
y husmea su leche,
encuentre sales y harinas,
mi leche no encuentre.

La Contra-Madre del Mundo,
la Convida-gentes,
por las playas y las rutas
no halle al inocente.

El nombre de su bautismo
—la flor con que crece—,
lo olvide la memoriosa,
lo pierda la Muerte.

De vientos, de sal y arenas
se vuelve demente,
y trueque, la desvariada,
el Oeste y el Este.

Niño y madre los confunda
lo mismo que peces,
y en el día y en la hora
a mí sola me encuentre.

Del libro Ternura

MUERTE DE MI MADRE

La fuga

Madre mía, en el sueño
ando por paisajes cardenosos:
un monte negro que se contornea
siempre, para alcanzar el otro monte;
y en el que sigue estás tú vagamente,
pero siempre hay otro monte redondo
que circundar, para pagar el paso
al monte de tu gozo y de mi gozo.

Mas, a trechos tú misma vas haciendo
el camino de juegos y de expolios.
Vamos las dos sintiéndonos, sabiéndonos,
mas no podemos vernos en los ojos,
y no podemos trocarnos palabra,
cual la Eurídice y el Orfeo solos,
las dos cumpliendo un voto o un castigo,
ambas con pies y con acento rotos.

Pero a veces no vas al lado mío:
te llevo en mí, en un peso angustioso
y amoroso a la vez, como pobre hijo
galeoto a su padre galeoto,
y hay que enhebrar los cerros repetidos,
sin decir el secreto doloroso:
que yo te llevo hurtada a dioses crueles
y que vamos a un Dios que es de nosotros.

Y otras veces ni estás cerro adelante,
ni vas conmigo, ni vas en mi soplo:
te has disuelto con niebla en las montañas
te has cedido al paisaje cardenoso.
Y me das unas voces de sarcasmo

desde tres puntos, y en dolor me rompo.
porque mi cuerpo es uno, el que me diste,
y tú eres un agua de cien ojos,
y eres un paisaje de mil brazos,
nunca más lo que son los amorosos:
un pecho vivo sobre un pecho vivo,
nudo de bronce ablandado en sollozo.

Y nunca estamos, nunca nos quedamos,
como dicen que quedan los gloriosos,
delante de su Dios, en dos anillos
de luz o en dos medallones absortos,
ensartados en un rayo de gloria
o acostados en un cauce de oro.

O te busco, y no sabes que te busco,
o vas conmigo, y no te veo el rostro;
o vas en mí por terrible convenio,
sin responderme con tu cuerpo sordo,
siempre por el rosario de los cerros,
que cobran sangre para entregar gozo,
y hacen danzar en torno a cada uno,
¡hasta el momento de la sien ardiendo,
del cascabel de la antigua demencia
y de la trampa en el vórtice rojo!

Del libro Tala

LÁPIDA FILIAL

Apegada a la seca fisura
del nicho, déjame que te diga:
—Amados pechos que me nutrieron
con una leche más que otra viva;
parados ojos que me miraron
con tal mirada que me ceñía;
regazo ancho que calentó
con una hornaza que no se enfría;
mano pequeña que me tocaba
con un contacto que me fundía:
¡resucitad, resucitad,
si existe la hora, si es cierto el día,
para que Cristo os reconozca
y a otro país deis alegría,
para que pague ya mi Arcángel
formas y sangre y leche mía,
y que por fin os recupere
la vasta y santa sinfonía
de viejas madres: la Macabea,
Ana, Isabel, Raquel y Lía!

Del libro Tala

LA MUERTE-NIÑA

A Gonzalo Zaldumbide

En esa cueva nos nació,
y como nadie pensaría,
nació desnuda y pequeñita
como el pobre pichón de cría.

¡Tan entero que estaba el mundo!
¡tan fuerte que era al mediodía!
¡tan armado como la piña,
cierto del Dios que sostenía!

Alguno nuestro la pensó
como se piensa villanía;
la Tierra se lo consintió
y aquella cueva se le abría.

De aquel hoyo salió de pronto,
con esa carne de elegía;
salió tanteando y gateando
y apenas se la distinguía.

Con una piedra se aplastaba,
con el puño se la exprimía.
Se balanceaba como un junco
y con el viento se caía...

Me puse yo sobre el camino
para gritar a quien me oía:
"¡Es una muerte de dos años
que bien se muere todavía!"

Recios rapaces la encontraron,
a hembras fuertes cruzó la vía;

la miraron Nemrod y Ulises,
pero ninguno comprendía...

Se envilecieron las mañanas,
torpe se hizo el mediodía;
cada sol aprendió su ocaso
y cada fuente su sequía.

La pradera aprendió el otoño
y la nieve su hipocresía,
la bestezuela su cansancio,
la carne de hombre su agonía.

Yo me entraba por casa y casa
y a todo hombre se lo decía:
"¡Es una muerte de siete años
que bien se muere todavía!"

Y dejé de gritar mi grito
cuando vi que se adormecían.
Ya tenían no sé qué dejo
y no sé qué melancolía...

Comenzamos a ser los reyes
que conocen postrimería
y la bestia o la criatura
que era la sierva nos hería.

Ahora el aliento se apartaba
y ahora la sangre se perdía,
y la canción de las mañanas
como cuerno se enronquecía.

La Muerte tenía treinta años;
ya nunca más se moriría,
y la segunda Tierra nuestra
iba abriendo su epifanía.

Se lo cuento a los que han venido;
y se ríen con insanía:
"Yo soy de aquellas que bailaban
cuando la Muerte no nacía..."

Del libro *Tala*

LA DESVELADA

En cuanto engruesa la noche
y lo erguido se recuesta,
y se endereza lo rendido,
le oigo subir las escaleras.
Nada importa que no le oigan
y solamente yo lo sienta.
¡A qué había de escucharlo
el desvelo de otra sierva!

En un aliento mío sube
y yo padezco hasta que llega
—cascada loca que su destino
una vez baja y otra repecha
y loco espino calenturiento
castañeteando contra mi puerta—.

No me alzo, no abro los ojos,
y sigo su forma entera.
Un instante, como precitos,
bajo la noche tenemos tregua;
pero le oigo bajar de nuevo
como en una marea eterna.

Él va y viente toda la noche
dádiva absurda, dada y devuelta,
medusa en olas levantada
que ya se ve, que ya se acerca.
Desde mi lecho yo lo ayudo
con el aliento que me queda,
porque no busque tanteando
y se haga daño en las tinieblas.

Los peldaños de sordo leño
como cristales me resuenan.

Yo sé en cuáles se descansa,
y se interroga, y se contesta.
Oigo donde los leños fieles,
igual que mi alma se le quejan,
y sé el paso maduro y último
que iba a llegar y nunca llega...

Mi casa padece su cuerpo
como llama que la retuesta.
Siento el calor que da su cara
—ladrillo ardiendo— contra mi puerta.
Pruebo una dicha que no sabía:
sufro de viva, muero de alerta,
¡y en este trance de agonía
se van mis fuerzas con sus fuerzas!

Al otro día repaso en vano
con mis mejillas y mi lengua,
rastreando la empañadura
en el espejo de la escalera.
Y unas horas sosiega mi alma
hasta que cae la noche ciega.

El vagabundo que lo cruza
como fábula me lo cuenta.
Apenas él lleva su carne,
apenas es de tanto que era,
y la mirada de sus ojos
una vez hiela y otras quema.

No le interrogue quien lo cruce:
sólo le digan que no vuelva,
que no repeche su memoria,
para que él duerma y que yo duerma.
Mate el nombre que como viento
en sus rutas turbillonea
¡y no vea la puerta mía,
recta y roja como una hoguera!

Del libro *Lagar*

MUERTE DEL MAR

SE MURIÓ el Mar una noche,
de una orilla a la otra orilla;
se arrugó, se recogió,
como manto que retiran.

Igual que albatrós beodo
y que la alimaña huida,
hasta el último horizonte
con diez oleajes corría.

Y cuando el mundo robado
volvió a ver la luz del día,
él era un cuerno cascado
que al grito no respondía.

Los pescadores bajamos
a la costa envilecida,
arrugada y vuelta como
la vulpeja consumida.

El silencio era tan grande
que los pechos oprimía,
y la costa se sobraba
como la campana herida.

Donde él bramaba, hostigado
del Dios que lo combatía,
y replicaba a su Dios
con saltos de ciervo en ira,

y donde mozos y mozas
se daban bocas salinas
y en trenza de oro danzaban
solo el ruedo de la vida,

quedaron las madreperlas
y las caracolas lívidas
y las medusas vaciadas
de su amor y de sí mismas.

Quedaban dunas-fantasmas
más viudas que la ceniza,
mirando fijas la cuenca
de su cuerpo de alegrías.

Y la niebla, manoseando
plumazones consumidas,
y tanteando albatrós muerto,
rondaba como la Antígona.

Mirada huérfana echaban
acantilados y rías
al cancelado horizonte
que su amor no devolvía.

Y aunque el mar nunca fue nuestro
como cordera tundida,
las mujeres cada noche
por hijo se lo mecían.

Y aunque el sueño él volease
el pulpo y la pesadilla,
y al umbral de nuestras casas
los ahogados escupía,

de no oírle y de no verle
lentamente se moría,
y en nuestras mejillas áridas
sangre y ardor se sumían.

Con tal de verlo saltar
con su alzada de novilla,
jadeando y levantando
medusas y praderías,

[116]

con tal de que nos batiese
con sus pechugas salinas,
y nos subiesen las olas
aspadas de maravillas,

pagaríamos rescate
como las tribus vencidas
y daríamos las casas,
y los hijos y las hijas.

Nos jadean los alientos
como al ahogado en mina
y el himno y el peán mueren
sobre nuestras bocas mismas.

Pescadores de ojos fijos
le llamamos todavía,
y lloramos abrazados
a las barcas ofendidas.

Y meciéndolas, meciéndolas,
tal como él se las mecía,
mascamos algas quemadas
vueltos a la lejanía,
o mordemos nuestras manos
igual que esclavos escitas.

Y cogidos de las manos
cuando la noche es venida,
aullamos viejos y niños
como unas almas perdidas:

"¡Talassa, viejo Talassa,
verdes espaldas huidas,
si fuimos abandonados
llámanos a donde existas,

y si estás muerto, que sople
el viento color de Erinna
y nos tome y nos arroje
sobre otra costa bendita,
para contarle los golfos
y morir sobre sus islas!"

Del libro *Lagar*

PUERTAS

Entre los gestos del mundo
recibí el que dan las puertas.
En la luz yo las he visto
o selladas o entreabiertas
y volviendo sus espaldas
del color de la vulpeja.
¿Por qué fue que las hicimos
para ser sus prisioneras?

Del gran fruto de la casa
son la cáscara avarienta.
El fuego amigo que gozan
a la ruta no lo prestan.
Canto que adentro cantamos
lo sofocan sus maderas
y a su dicha no convidan
como la granada abierta:
¡Sibilas llenas de polvo,
nunca mozas, nacidas viejas!

Parecen tristes moluscos
sin marea y sin arenas.
Parecen, en lo ceñudo,
la nube de la tormenta.
A las sayas verticales
de la Muerte se asemejan
y yo las abro y las paso
como la caña que tiembla.

"¡No!", dicen a las mañanas
aunque las bañen, las tiernas.
Dicen "¡No!" al viento marino
que en su frente palmotea
y al olor de pinos nuevos

que se viene por la Sierra.
Y lo mismo que Casandra,
no salvan aunque bien sepan:
porque mi duro destino
él también pasó mi puerta.

Cuando golpeo me turban
igual que la vez primera.
El seco dintel da luces
como la espada despierta
y los batientes se avivan
en escapadas gacelas.
Entro como quien levanta
paño de cara encubierta,
sin saber lo que me tiene
mi casa de angosta almendra
y pregunto si me aguarda
mi salvación o mi pérdida.

Ya quiero irme y dejar
el sobrehaz de la Tierra,
el horizonte que acaba
como un ciervo, de tristeza,
y las puertas de los hombres
selladas como cisternas.
Por no voltear en la mano
sus llaves de anguilas muertas
y no oírles más el crótalo
que me sigue la carrera.

Voy a cruzar sin gemido
la última vez por ellas
y a alejarme tan gloriosa
como la esclava liberta,
siguiendo el cardumen vivo
de mis muertos que me llevan.
No estarán allá rayados
por cubo y cubo de puertas

ni ofendidos por sus muros
como el herido en sus vendas.

Vendrán a mí sin embozo,
oreados de luz eterna.
Cantaremos a mitad
de los cielos y la tierra.
Con el canto apasionado
haremos caer las puertas
y saldrán de ellas los hombres
como niños que despiertan
al oír que se descuajan
y que van cayendo muertas.

Del libro *Lagar*

DIOS LO QUIERE

I

LA TIERRA se hace madrastra
si tu alma vende a mi alma.
Llevan un escalofrío
de tribulación de las aguas.
El mundo fue más hermoso
desde que me hiciste aliada,
cuando junto de un espino
nos quedamos sin palabras,
¡y el amor como el espino
nos traspasó de fragancia!

Pero te va a brotar víboras
la tierra si vendes mi alma;
baldías del hijo, rompo
mis rodillas desoladas.
Se apaga Cristo en mi pecho,
¡y en la puerta de mi casa
quiebra la mano al mendigo
y avienta a la atribulada!

II

Beso que tu boca entregue
a mis oídos alcanza,
porque las grutas profundas
me devuelven tus palabras.
El polvo de los senderos
guarda el olor de tus plantas
y oteándolas como un ciervo,
te sigo por las montañas...

A la que tú ames, las nubes
la pintan sobre mi casa.
Va cual ladrón a besarla
de la tierra en las entrañas;
que, cuando el rostro le alces,
hallas mi cara con lágrimas.

III

Dios no quiere que tú tengas
sol si conmigo no marchas;
Dios no quiere que tú bebas
si yo no tiemblo en tu agua;
no consiente que tú duermas
sino en mi trenza ahuecada.

IV

Si te vas, hasta en los musgos
del camino rompes mi alma;
te muerden la sed y el hambre
en todo monte o llanada
y en cualquier país las tardes
con sangre serán mis llagas.
Y destilo de tu lengua
aunque a otra mujer llamaras,
y me clavo como un dejo
de salmuera en tu garganta;
y odies, o cantes, o ansíes,
¡por mí solamente clamas!

V

Si te vas y mueres lejos,
tendrás la cara ahuecada

diez años bajo la tierra
para recibir mis lágrimas,
sintiendo cómo te tiemblan
las carnes atribuladas,
¡Hasta que te espolvoreen
mis huesos sobre la cara!

Del libro *Desolación*

AMO AMOR

Anda libre en el surco, bate el ala en el viento
late vivo en el sol y se prende al pinar.
No te vale olvidarlo como al mal pensamiento:
 ¡lo tendrás que escuchar!

Habla lengua de bronce y habla lengua de ave,
ruegos tímidos, imperativos de mar.
No te vale ponerle gesto audaz, ceño grave:
 ¡lo tendrás que hospedar!

Gasta trazas de dueño; no le ablandan excusas.
Rasga vasos de flor, hiende el hondo glaciar.
No te vale decirle que albergarlo rehúsas:
 ¡lo tendrás que hospedar!

Tiene argucias sutiles en la réplica fina,
argumentos de sabio, pero en voz de mujer.
Ciencia humana te salva, menos ciencia divina:
 ¡le tendrás que creer!

Te echa venda de lino; tú la venda toleras.
Te ofrece el brazo cálido, no le sabes huir.
Echa a andar, tú le sigues hechizada aunque vieras
 ¡que eso para en morir!

Del libro *Desolación*

ÍNTIMA

Tú no oprimas mis manos.
Llegará el duradero
tiempo de reposar con mucho polvo
y sombra en los entretejidos dedos.

Y dirías: "No puedo
amarla, porque ya se desgranaron
como mieses de sus dedos."

Tú no beses mi boca.
Vendrá el instante lleno
de luz menguada, en que estaré sin labios
sobre un mojado suelo.

Y dirías: "La amé, pero no puedo
amarla más, ahora que no aspira
el olor de retamas de mi beso."

Y me angustiara oyéndote,
y hablaras loco y ciego,
que mi mano será sobre tu frente
cuando rompan mis dedos,
y bajará sobre tu cara llena
de ansia mi aliento.

No me toques, por tanto. Mentiría
al decir que te entrego
mi amor en estos brazos extendidos,
en mi boca, en mi cuello,
y tú, al creer que lo bebiste todo,
te engañarías como un niño ciego.

Porque mi amor no es sólo esta gavilla
reacia y fatigada de mi cuerpo,

que tiembla entera al roce del cilicio
y que se me rezaga en todo vuelo.

Es lo que está en el beso, y no es el labio;
lo que rompe la voz, y no es el pecho:
¡es un viento de Dios, que pasa hendiéndome
el gajo de las carnes, volandero!

Del libro Desolación

DESVELADA

Como soy reina y fui mendiga, ahora
vivo en puro temblor de que me dejes,
y te pregunto, pálida, a cada hora:
"¿Estás conmigo aún? ¡Ay, no te alejes!"

Quisiera hacer las marchas sonriendo
y confiando ahora que has venido;
pero hasta en el dormir estoy temiendo
y pregunto, entre sueños: "¿No te has ido?"

Del libro *Desolación*

EL RUEGO

Señor, Tú sabes cómo, con encendido brío,
por los seres extraños mi palabra te invoca.
Vengo ahora a pedirte por uno que era mío,
mi vaso de frescura, el panal de mi boca.

Cal de mis huesos, dulce razón de la jornada,
gorjeo de mi oído, ceñidor de mi veste.
Me cuido hasta de aquellos en que no puse nada;
¡no tengas ojo torvo si te pido por éste!

Te digo que era bueno, te digo que tenía
el corazón entero a flor de pecho, que era
suave de índole, franco como la luz del día,
henchido de milagro como la primavera.

Me replicas, severo, que es de plegaria indigno
el que no untó de preces sus dos labios febriles,
y se fue aquella tarde sin esperar tu signo,
trizándose las sientes como vasos sutiles.

Pero yo, mi Señor, te arguyo que he tocado,
de la misma manera que el nardo de su frente,
todo su corazón dulce y atormentado
¡y tenía la seda del capullo naciente!

¿Que fue crüel? Olvidas, Señor, que le quería,
y que él sabía suya la entraña que llagaba.
¿Que enturbió para siempre mis linfas de alegría?
¡No importa! Tú comprende: ¡yo le amaba, le amaba!

Y amar (bien sabes de eso) es amargo ejercicio;
un mantener los párpados de lágrimas mojados,
un refrescar de besos las trenzas del cilicio
conservando bajo ellas, los ojos extasiados.

El hierro que taladra tiene un gustoso frío,
cuando abre, cual gavillas, las carnes amorosas.
Y la cruz (Tú te acuerdas, ¡oh Rey de los judíos!)
se lleva con blandura, como un gajo de rosas.

Aquí me estoy, Señor, con la cara caída
sobre el polvo, parlándote un crepúsculo entero,
o todos los crepúsculos a que alcance la vida,
si tardas en decirme la palabra que espero.

Fatigaré tu oído de preces y sollozos
lamiendo, lebrel tímido, los bordes de tu manto,
y ni pueden huirme tus ojos amorosos
ni esquivar tu pie el riego caliente de mi llanto.

¡Di el perdón, dilo al fin! Va a esparcir en el viento
la palabra el perfume de cien pomos de olores
al vaciarse; toda agua será deslumbramiento;
y yermo echará flor y el guijarro esplendores.

Se mojarán los ojos de las fieras
y, comprendiendo, el monte que de piedra forjaste
llorará por los párpados blancos de sus neveras:
¡toda la tierra tuya sabrá que perdonaste!

Del libro *Desolación*

LA DICHOSA

Nos tenemos por la gracia
de haberlo dejado todo;
ahora vivimos libres
del tiempo de ojos celosos;
y a la luz le parecemos
algodón del mismo copo.

El Universo trocamos
por un muro y un coloquio.
País tuvimos y gentes
y unos pesados tesoros,
y todo lo dio el amor
loco y ebrio de despojo.

Quiso el amor soledades
como el lobo silencioso.
Se vino a cavar su casa
en el valle más angosto
y la huella le seguimos
sin demandarle retorno...

Para ser cabal y justa
como es en la copa el sorbo,
y no robarle el instante,
y no malgastarle el soplo,
me perdí en la casa tuya
como la espada en el forro.

Nos sobran todas las cosas
que teníamos por gozos:
los labrantíos, las costas,
las anchas dunas de hinojos.
El asombro del amor
acabó con los asombros.

Nuestra dicha se parece
al panal que cela su oro;
pesa en el pecho la miel
de su peso capitoso,
y ligera voy, o grave,
y me sé y me desconozco.

Ya ni recuerdo cómo era
cuando viví con los otros.
Quemé toda mi memoria
como hogar menesteroso.
Los tejados de mi aldea
si vuelvo, no los conozco,
y el hermano de mis leches
no me conoce tampoco.

Y no quiero que me hallen
donde me escondí de todos;
antes hallen en el hielo
el rastro huido del oso.
El muro es negro de tiempo
el liquen del umbral, sordo,
y se cansa quien nos llame
por el nombre de nosotros.

Atravesaré de muerta
el patio de hongos morosos.
Él me cargará en sus brazos
en chopo talado y mondo.
Yo miraré todavía
el remate de sus hombros.
La aldea que no me vio
me verá cruzar sin rostro,
y sólo me tendrá el polvo
volador, que no es esposo.

Del libro *Lagar*

VIEJO LEÓN

Tus cabellos ya son
blancos también:
miedo, la dura voz,
la boca, "amén".

Tarde se averiguó,
tarde se ven
ojos sin resplandor,
sorda la sien.

Tanto se padeció
para aprender
apagado el fogón,
rancia la miel.

Mucho amor y dolor
para saber
canoso a mi león,
¡viejos sus pies!

Del libro *Tala*

UNA PALABRA

Yo TENGO una palabra en la garganta
y no la suelto, y no me libro de ella
aunque me empuje su empellón de sangre.
Si la soltase, quema el pasto vivo
sangra al cordero, hace caer al pájaro.

Tengo que desprenderla de mi lengua,
hallar un agujero de castores
o sepultarla con cales y cales
porque no guarde como el alma el vuelo.

No quiero dar señales de que vivo
mientras que por mi sangre vaya y venga
y suba y baje por mi loco aliento.
Aunque mi padre Job la dijo, ardiendo
no quiero darle, no, mi pobre boca
porque no ruede y la hallen las mujeres
que van al río, y se enrede a sus trenzas
y al pobre matorral tuerza y abrase.

Yo quiero echarle violentas semillas
que en una noche la cubran y ahoguen
sin dejar de ella el cisco de una sílaba.
O rompérmela así, como a la víbora
que por mitad se parte con los dientes.

Y volver a mi casa, entrar, dormirme,
cortada de ella, rebanada de ella,
y despertar después de dos mil días
recién nacida de sueño y olvido.

¡Sin saber más que tuve una palabra
de yodo y piedra-alumbre entre los labios

ni saber acordarme de una noche,
de una morada en país extranjero,
de la celada y el rayo a la puerta
y de mi carne marchando sin su alma!

Del libro Lagar

CANTO QUE AMABAS

Yo CANTO lo que tú amabas, vida mía,
por si te acercas y escuchas, vida mía,
por si te acuerdas del mundo que viviste,
al atardecer yo canto, sombra mía.

Yo no quiero enmudecer, vida mía.
¿Cómo sin mi grito fiel me hallarías?
¿Cuál señal, cuál me declara, vida mía?

Soy la misma que fue tuya, vida mía.
Ni lenta ni trascordada ni perdida.
Acude al anochecer, vida mía;
ven recordando un canto, vida mía,
si la canción reconoces de aprendida
y si mi nombre recuerdas todavía.

Te espero sin plazo y sin tiempo.
No temas noche, neblina ni aguacero.
Acude con sendero o sin sendero.
Llámame adonde tú eres, alma mía,
y marcha recto hacia mí, compañero.

Del libro *Lagar*

LA ABANDONADA

A Emma Godoy

Ahora voy a aprenderme
el país de la acedía,
y a desaprender tu amor
que era la sola lengua mía,
como río que olvidase
lecho, corriente y orillas.

¿Por qué trajiste tesoros
si el olvido no acarrearías?
Todo me sobra y yo me sobro
como traje de fiesta para fiesta no habida;
¡tanto, Dios mío, que me sobra
mi vida desde el primer día!

Denme ahora las palabras
que no me dio la nodriza.
Las balbucearé demente
de la sílaba a la sílaba:
palabra "expolio", palabra "nada"
y palabra "postrimería",
¡aunque se tuerzan en mi boca
como las víboras mordidas!

Me he sentado a mitad de la Tierra,
amor mío, a mitad de la vida,
a abrir mis venas y mi pecho,
a mondarme en granada viva,
y a romper la caoba roja
de mis huesos que te querían.

Estoy quemando lo que tuvimos:
los anchos muros, las altas vigas,

descuajando una por una
las doce puertas que abrías
y cegando a golpes de hacha
el aljibe de la alegría.

Voy a esparcir, voleada,
la cosecha ayer cogida,
a vaciar odres de vino
y a soltar aves cautivas;
a romper como mi cuerpo
los miembros de la "masía"
y a medir con brazos altos
la parva de las cenizas.

¡Cómo duele, cómo cuesta,
cómo eran las cosas divinas,
y no quieren morir, y se quejan muriendo,
y abren sus entrañas vívidas!
Los leños entienden y hablan,
el vino empinándose mira,
y la banda de pájaros sube
torpe y rota como neblina.

Venga el viento, arda mi casa
mejor que bosque de resinas;
caigan rojos y sesgados
el molino y la torre madrina.
¡Mi noche, apurada del fuego,
mi pobre noche no llegue al día!

Del libro *Lagar*

NOCTURNO

Padre Nuestro que estás en los cielos,
¿por qué te has olvidado de mí?
Te acordaste del fruto en febrero,
al llagarse su pulpa rubí.
¡Llevo abierto también mi costado,
y no quieres mirar hacia mí!

Te acordaste del negro racimo,
y lo diste al lagar carmesí;
y aventaste las hojas del álamo,
con tu aliento, en el aire sutil.
¡Y en el ancho lagar de la muerte
aún no quieres mi pecho oprimir!

Caminando, vi abrir las violetas;
el falerno del viento bebí,
y he bajado, amarillos, mis párpados
por no ver más Enero ni Abril.

Y he apretado la boca, anegada
de la estrofa que no he de exprimir...
¡Has herido la nube de otoño
y no quieres volverte hacia mí!

Me vendió el que besó mi mejilla;
me negó por la túnica ruin.
Yo en mis versos el rostro con sangre,
como Tú sobre el paño, le di.
Y en mi noche del Huerto, me han sido
Juan cobarde y el Ángel hostil.

Ha venido el cansancio infinito
a clavarse en mis ojos, al fin:
el cansancio del día que muere

y el del alba que debe venir;
¡el cansancio del cielo de estaño
y el cansancio del cielo de añil!

Ahora suelto la mártir sandalia
y las trenzas pidiendo dormir.
Y perdida en la noche, levanto
el clamor aprendido de Ti:
¡Padre Nuestro, que estás en los cielos,
por qué te has olvidado de mí!

Del libro *Desolación*

COPLAS

Todo adquiere en mi boca
un sabor persistente de lágrimas:
el manjar cotidiano, la trova
y hasta la plegaria.

Yo no tengo otro oficio
después del callado de amarte,
que este oficio de lágrimas, duro,
que tú me dejaste.

¡Ojos apretados
de calientes lágrimas!,
¡boca atribulada y convulsa,
en que todo se me hace plegaria!

¡Tengo una vergüenza
de vivir de este modo cobarde!
¡Ni voy en tu busca
ni consigo tampoco olvidarte!

Un remordimiento me sangra
de mirar un cielo
que no ven tus ojos,
¡de palpar las rosas
que sustenta la cal de tus huesos!

¡Carne de miseria,
gajo vergonzante, muerto de fatiga,
que no baja a dormir a tu lado,
que se aprieta, trémulo,
al impuro pezón de la Vida!

Del libro *Desolación*

LUTO [I]

Aniversario

Todavía, Miguel, me valen,
como al que fue saqueado,
el voleo de tus voces,
las saetas de tus pasos,
y unos caballos quedados,
por los que resten de tiempo
y albee de eternidades.

Todavía siento extrañeza
de no apartar tus naranjas
ni comer tu pan sobrado
y de abrir y de cerrar
por mano mía tu casa.

Me asombra el que, contra el logro
de Muerte y de matadores,
sigas quedado y erguido,
caña o junco no cascado
y que, llamado con voz
o con silencio, me acudas.

Todavía no me vuelven
marcha mía, cuerpo mío.
Todavía estoy contigo
parada y fija en tu trance,
detenidos como en puente,
sin decidirte tú a seguir,
y yo negada a devolverme.

Todavía somos el Tiempo,
pero probamos ya el sorbo
primero, y damos el paso
adelantado y medroso.

Y una luz llega anticipada
de La Mayor que da la mano,
y convida, y toma, y lleva.

Todavía como en esa
mañana de techo herido
y de muros humeantes,
seguimos, mano a la mano,
escarnecidos, robados,
y los dos rectos e íntegros.

Sin saber tú que vas yéndote,
sin saber yo que te sigo,
dueños ya de claridades
y de abras inefables
o resbalamos un campo
que no ataja con linderos
ni con el término aflige.

Y seguimos, y seguimos,
ni dormidos ni despiertos,
hacia la cita e ignorando
que ya somos arribados.
Y el silencio perfecto,
y de que la carne falta,
la llamada aún no se oye
ni el Llamador da su rostro.

¡Pero tal vez esto sea,
¡ay!, amor mío, la dádiva
del Rostro eterno y sin gestos
y del reino sin contorno!

Del libro *Lagar*

LUTO [II]

En sólo una noche brotó de mi pecho.
subió, creció el árbol de luto,
empujó los huesos, abrió las carnes,
su cogollo llegó a mi cabeza.

Sobre hombros, sobre espaldas,
echó hojazones y ramas,
y en tres días estuve cubierta,
rica de él como de mi sangre.
¿Dónde me palpan ahora?
¿Qué brazo daré que no sea luto?

Igual que las humaredas
ya no soy llama ni brasas.
Soy esta espiral y esta liana
y este ruedo de humo denso.

Todavía los que llegan
me dicen mi nombre, me ven la cara;
pero yo que me ahogo me veo
árbol devorado y humoso,
cerrazón de noche, carbón consumado,
enebro denso, ciprés engañoso,
cierto a los ojos, huido en la mano.

En una pura noche se hizo mi luto
en el dédalo de mi cuerpo
y me cubrió este resuello
noche y humo que llaman luto
que me envuelve y que me ciega.

Mi último árbol no está en la tierra
no es de semilla ni de leño,
no se plantó, no tiene riesgos.

Soy yo misma mi ciprés
mi sombreadura y mi ruedo,
mi sudario sin costuras,
y mi sueño que camina
árbol de humo y con ojos abiertos.

En lo que dura una noche
cayó mi sol, se fue mi día,
y mi carne se hizo humareda
que corta un niño con la mano.

El color se escapó de mis ropas,
el blanco, el azul, se huyeron
y me encontré en la mañana
vuelta un pino de pavesas.

Ven andar un pino de humo,
me oyen hablar detrás de mi humo
y se cansarán de amarme,
de comer y de vivir,
bajo de triángulo oscuro
falaz y crucificado
que no cría más resinas
y raíces no tiene ni brotes.
Un solo color en las estaciones,
un solo costado de humo
y nunca un racimo de piñas
para hacer el fuego, la cena y la dicha.

Del libro *Lagar*

LOS DOS

Cuando va acabando el día
María Madre sin marcha y senda,
llega trayéndolo consigo.
No hace ruta y siempre llega.

Van llegando, blanqui-azulados
de crepúsculo o de ausencia,
con los visos del eucalipto,
y sin paso como la niebla.

Madre María, hilos azules,
salvia en rama, cosa ligera,
nada dice, nada responde,
me lo adelanta y me lo entrega.

Se derriten las palabras,
se me deshacen como la arena
y en yéndose acuden otras
que saltarán, ¡Dios mío!, de ella.

Miguel y yo nos miramos
como era antes, *cuando la tierra,
cuando la carne, cuando el Tiempo,*
y la noche sin sus estrellas.

Ella azulada como los vidrios,
parecida al agua quieta,
dándome a mí, dándome a él,
calla, alienta y reverbera.

Ni se mueve ni se cansa,
brecha divina, rama entreabierta.

Con el corazón los llamo,
sin gesto, silbo, ni grito

y el venir es el doblarse
y ser los dos siendo que es ella.

Es mi día hora por hora
esperarles tras una puerta
segura de ellos como de mí,
ojos, oídos y alma ciertas.

El crepúsculo se me tarda
o se me apura sobre la tierra.
Maduro en fruta nunca vista
fija, alba, calenturienta.

Del libro *Lagar*

EMIGRADA JUDÍA

Voy más lejos que el viento oeste
y el petrel de tempestad.
Pero, interrogo, camino
¡y no duermo por caminar!
Me rebanaron la Tierra,
sólo me han dejado el mar.

Se quedaron en la aldea
casa, costumbre y dios lar.
Pasan tilos, carrizales
y el Rin que me enseñó a hablar.
No llevo al pecho las mentas
cuyo olor me haga llorar.
Tan sólo llevo mi aliento
y mi sangre y mi ansiedad.

Una soy a mis espaldas,
otra volteada al mar:
mi nuca hierve de adioses,
y mi pecho de ansiedad.

Ya el torrente de mi aldea
no da mi nombre al rodar
y en mi tierra y aire me borro
como huella en arenal.

A cada trecho de ruta
voy perdiendo mi caudal:
una oleada de resinas,
una torre, un robledal.
Suelta mi mano sus gestos
de hacer la sidra y el pan
¡y aventada mi memoria
llegaré desnuda al mar!

Del libro *Lagar*

POEMA DEL HIJO

A Alfonsina Storni

I

¡Un hijo, un hijo, un hijo! Yo quise un hijo tuyo
y mío, allá en los días del éxtasis ardiente,
en los que hasta mis huesos temblaron de tu arrullo
y un ancho resplandor creció sobre mi frente.

Decía: ¡un hijo! como el árbol conmovido
de primavera alarga sus yemas hacia el cielo.
¡Un hijo con los ojos de Cristo engrandecidos,
la frente de estupor y los labios de anhelo!

Sus brazos en guirnalda a mi cuello trenzados;
el río de mi vida bajando a él, fecundo,
y mis entrañas como perfume derramado
ungiendo con su marcha las colinas del mundo.

Al cruzar una madre grávida, la miramos
con los labios convulsos y los ojos de ruego,
cuando en las multitudes con nuestro amor pasamos.
¡Y un niño de ojos dulces nos dejó como ciegos!

En las noches, insomne de dicha y de visiones,
la lujuria de fuego no descendió a mi lecho.
Para el que nacería vestido de canciones
yo extendía mi brazo, yo ahuecaba mi pecho...

El sol no parecíame, para bañarlo, intenso;
mirándome, yo odiaba, por toscas, mis rodillas;
mi corazón confuso, temblaba al don inmenso;
¡y un llanto de humildad regaba mis mejillas!

Y no temí a la muerte, disgregadora impura;
los ojos de él libraran los tuyos de la nada,
y a la mañana espléndida o a la luz insegura
yo hubiera caminado bajo de esa mirada...

II

Ahora tengo treinta años, y mis sienes jaspea
la ceniza precoz de la muerte. En mis días,
como la lluvia eterna de los polos, gotea
la amargura con lágrimas lentas, salobre y fría.

Mientras arde la llama del pino, sosegada,
mirando a mis entrañas pienso qué hubiera sido
un hijo mío, infante con mi boca cansada,
mi amargo corazón y mi voz de vencido.

Y con tu corazón, el fruto de veneno,
y tus labios que hubieran otra vez renegado.
Cuarenta lunas él no durmiera en mi seno,
que sólo por ser tuyo me hubiese abandonado.

Y en qué huertas en flor, junto a qué aguas corrientes
lavara, en primavera, su sangre de mi pena,
si fui triste en las landas y en las tierras clementes,
y en toda tarde mística hablaría en sus venas.

Y el horror de que un día con la boca quemante
de rencor, me dijera lo que dije a mi padre:
"¿Por qué ha sido fecunda tu carne sollozante
y se hinchieron de néctar los pechos de mi madre?"

Siento el amargo goce de que duermas abajo
en tu lecho de tierra, y un hijo no meciera
mi mano, por dormir yo también sin trabajos
y sin remordimientos, bajo una zarza fiera.

Porque yo no cerrara los párpados, y loca
escuchase a través de la muerte, y me hincara,
deshechas las rodillas, retorcida la boca,
si lo viera pasar con mi fiebre en su cara.

Y la tregua de Dios a mí no descendiera:
en la carne inocente me hirieran los malvados,
y por la eternidad mis venas exprimieran
sobre mis hijos de ojos y de frente extasiados.

¡Bendito pecho mío en que a mis gentes hundo
y bendito mi vientre en que mi raza muere!
¡La cara de mi madre ya no irá por el mundo
ni su voz sobre el viento, trocada en miserere!

La selva hecha cenizas retoñará cien veces
y caerá cien veces, bajo el hacha, madura.
Caeré para no alzarme en el mes de las mieses;
conmigo entran los míos a la noche que dura.

Y como si pagara la deuda de una raza,
taladran los dolores mi pecho cual colmena.
Vivo una vida entera en cada hora que pasa;
como el río hacia el mar, van amargas mis venas.

Mis pobres muertos miran el sol y los ponientes,
con un ansia tremenda, porque ya en mí se ciegan.
Se me cansan los labios de las preces fervientes
que antes que yo enmudezca por mi canción entregan.

No sembré por mi troje, no enseñé para hacerme
un brazo con amor para la hora postrera,
cuando mi cuello roto no pueda sostenerme
y mi mano tantee la sábana ligera.

Apacenté los hijos ajenos, colmé el troje
con los trigos divinos, y sólo de Ti espero,
¡Padre Nuestro que estás en los Cielos!, recoge
mi cabeza mendiga, si en esta noche muero.

Del libro Ternura

AMÉRICA

DOS HIMNOS

A don Eduardo Santos

I

Sol del trópico

Sol de los Incas, sol de los Mayas,
maduro sol americano,
sol en que mayas y quichés
reconocieron y adoraron,
y en el que viejos aimaráes
como el ámbar fueron quemados.
Faisán rojo cuando levantas
y cuando medias, faisán blanco,
sol pintador y tatuador
de casta de hombre y de leopardo.
Sol de montañas y de valles,
de los abismos y los llanos,

Rafael de las marchas nuestras,
lebrel de oro de nuestros pasos,
por toda tierra y todo mar
santo y seña de mis hermanos.
Si nos perdemos, que nos busquen
en unos limos abrasados,
donde existe el árbol del pan
y padece el árbol del bálsamo.[1]

Sol del Cuzco, blanco en la puna.
Sol de México canto dorado,
canto rodado sobre el Mayab,[2]

[1] El llamado "bálsamo del Perú".
[2] Nombre indígena de Yucatán.

maíz de fuego no comulgado,
por el que gimen las gargantas
levantadas a tu viático;
corriendo vas por los azules
estrictos o jesucristianos,
ciervo blanco o enrojecido,
siempre herido, nunca cazado...

Sol de los Andes, cifra nuestra,
veedor de hombres americanos,
pastor ardiendo de grey ardiendo
y tierra ardiendo en su milagro,
que ni se funde ni nos funde,
que no devora ni es devorado;
quetzal de fuego emblanquecido
que cría y nutre pueblos mágicos;
llama pasmado en rutas blancas
guiando llamas alucinados...

Raíz del cielo, curador
de los indios alanceados;
brazo santo cuando los salvas,
cuando los matas, amor santo.
Quetzalcóatl, padre de oficios
de la casta de ojo almendrado,
el moledor de los añiles,
el tejedor de algodón cándido;
los telares indios enhebras
en colibríes alocados
y das las grecas pintureadas
al mujerío de Tacámbaro.
¡Pájaro Roc,[3] plumón que empolla
dos orientes desenfrenados!

Llegas piadoso y absoluto
según los dioses no llegaron,
tórtolas blancas en bandada,

---

[3] Castellanizo la palabra ajena Rock.

maná que baja sin doblarnos.
No sabemos qué es lo que hicimos
para vivir transfigurados.
En especies solares nuestros
Viracochas se confesaron,
y sus cuerpos los recogimos
en sacramento calcinado.

A tu llama fié a los míos,
en parva de ascuas acostados.
Sobre tendal de salamandras
duermen y sueñan sus cuerpos santos.
O caminan contra el crepúsculo,
encendidos como retamos,
azafranes sobre el poniente
medio Adanes, medio topacios...

Desnuda mírame y reconóceme,
si no me viste en cuarenta años,
con Pirámide [4] de tu nombre,
con pitahayas y con mangos,
con los flamencos de la aurora
y los lagartos tornasolados.

¡Como el maguey, como la yuca,
como el cántaro del peruano,
como la jícara de Uruapan,
como la quena de mil años,
a ti me vuelvo, a ti me entrego,
en ti me abro, en ti me baño!
Tómame como los tomaste,
el poro al poro, el gajo al gajo,
y ponme entre ellos a vivir,
pasmada dentro de tu pasmo.

Pisé los cuarzos extranjeros,
comí sus frutos mercenarios;

[4] La Pirámide del Sol en México.

[154]

en mesa dura y vaso sordo
bebí hidromieles que eran lánguidos;
recé oraciones mortecinas
y me canté los himnos bárbaros,[5]
y dormí donde son dragones
rotos y muertos los Zodíacos.

Te devuelvo por mis mayores
formas y bultos en que me alzaron.
Riégame así con rojo riego:
dame el hervir vuelta tu caldo.
Emblanquéceme u oscuréceme
en tus lejías y tus cáusticos.

¡Quémame tú los torpes miedos,
sécame lodos, avienta engaños;
tuéstame habla, árdeme ojos,
sollama boca, resuello y canto,
límpiame oídos, lávame vistas,
purifica manos y tactos!

Hazme las sangres, y las leches,
y los tuétanos, y los llantos.
Mis sudores y mis heridas
sécame en lomos y en costados.
Y otra vez íntegra incorpórame
a los coros que te danzaron:
los coros mágicos, mecidos
sobre Palenque y Tiahuanaco.

Gentes quechuas y gentes mayas
te juramos lo que jurábamos.
De ti rodamos hacia el Tiempo
y subiremos a tu regazo;
de ti caímos en grumos de oro,
en vellón de oro desgajado,
y a ti entraremos rectamente
según dijeron Incas Magos.

---

[5] Bárbaros, en su recto sentido de ajenos, de extraños.

¡Como racimos al lagar
volveremos los que bajamos,
como el cardumen de oro sube
a flor de mar arrebatado
y van los grandes anacondas
subiendo al silbo del llamado!

II

Cordillera

¡Cordillera de los Andes,
Madre yacente y Madre que anda,
que de niños nos enloquece
y hace morir cuando nos falta;
que en los metales y el amianto
nos aupaste las entrañas;
hallazgo de los primogénitos,
de Mama Ocllo y Manco Cápac,
tremendo amor y alzado cuerno
del hidromiel de la esperanza!

Jadeadora del Zodíaco,
sobre la esfera galopada;
corredora de meridianos,
piedra Mazzepa que no se cansa,
Atalanta que en la carrera
es el camino y es la marcha,
y nos lleva, pecho con pecho,
a lo madre y lo marejada,
a maná blanco y peán rojo
de nuestra bienaventuranza.

Caminas, Madre, sin rodillas,
dura de ímpetu y confianza;
con tus siete pueblos caminas
en tus faldas acigüeñadas;

caminas la noche y el día,
desde mi Estrecho a Santa Marta,
y subes de las aguas últimas
la cornamenta del Aconcagua.
Pasas el valle de mis leches,
amoratando la higuerada;
cruzas el cíngulo de fuego
y los ríos Dioscuros lanzas; [6]
pruebas Sargassos de salmuera
y desciendes alucinada...

Viboreas de las señales
del camino del Inca Huayna,
veteada de ingenierías
y tropeles de alpaca y llama,
de la hebra del indio atónito
y del ¡ay! de la quema mágica.
Donde son valles, son dulzuras;
donde repechas, das el ansia;
donde azurea el altiplano
es la anchura de la alabanza.

Extendida como una amante
y en los soles reverberada,
punzas al indio y al venado
con el jengibre y con la salvia;
en las carnes vivas te oyes
lento hormigueo, sorda vizcacha;
oyes al puma ayuntamiento
y a la nevera, despeñada,
y te escuchas el propio amor
en tumbo y tumbo de tu lava...
Bajan de ti, bajan cantando,
como de nupcias consumadas,
tumbadores de las caobas
y rompedor de araucarias.

[6] El Cauca y el Magdalena.

Aleluya por el tenerte
para cosecha de las fábulas,
alto ciervo que vio San Jorge
de cornamenta aureolada
y el fantasma de Viracocha,
vaho de niebla y vaho de habla.
¡Por las noches nos acordamos
de bestia negra y plateada,
leona que era nuestra madre
y de pie nos amamantaba!

En los umbrales de mis casas,
tengo tu sombra amoratada.
Hago, sonámbula, mis rutas,
en seguimiento de tu espalda,
o devanándome en tu niebla,
o tanteando un flanco de arca;
y la tarde me cae al pecho
en una madre desollada.
¡Ancha pasión, por la pasión!
de hombros de hijos jadeada!

¡Carne de piedra de la América,
halalí de piedras rodadas,
sueño de piedra que soñamos,
piedras del mundo pastoreadas;
enderezarse de las piedras
para juntarse con sus almas!
¡En el cerco del valle de Elqui,
bajo la luna de fantasma,
no sabemos si somos hombres
o somos peñas arrobadas!

Vuelven los tiempos en sordo río
y se les oye la arribada
a la meseta de los Cuzcos
que es la peana de la gracia.
Silbaste el silbo subterráneo

a la gente color del ámbar;
te desatamos el mensaje
enrollado de salamandra;
y de tus tajos recogemos
nuestro destino en bocanada.

¡Anduvimos como los hijos
que perdieron signo y palabra,
como beduino o ismaelita,
como las peñas hondeadas,
vagabundos envilecidos,
gajos pisados de vid santa,
hasta el día de recobrarnos
como amantes que se encontraran!

Otra vez somos los que fuimos,
cinta de hombres, anillo que anda,
viejo tropel, larga costumbre
en derechura a la peana,
donde quedó la madre-augur
que desde cuatro siglos llama,
en toda noche de los Andes
y con el grito que es lanzada.

Otra vez suben nuestros coros
y el roto anillo de la danza,
por caminos que eran de chasquis [7]
y en pespunte de llamaradas.
Son otra vez adoratorios
jaloneando la montaña
y la espiral en que columpian
mirra-copal, mirra-copaiba,
¡para tu gozo y nuestro gozo
balsámica y embalsamada!

Al fueguino sube al Caribe
por tus punas espejeadas;

---

[7] "Chasquis", correos quechuas.

a criaturas de salares
y de pinar lleva a las palmas.
Nos devuelves al Quetzalcóatl
acarreándonos al maya,
y en las mesetas cansa-cielos,
donde es la luz transfigurada,
braceadora, ata tus pueblos
como juncales de sabana.

¡Suelde el caldo de tus metales
los pueblos rotos de tus abras;
cose tus ríos vagabundos,
tus vertientes acainadas.
Puño de hielo, palma de fuego,
a hielo y fuego purifícanos!
Te llamemos en aleluya
y en letanía arrebatada:
¡Especie eterna y suspendida.
Alta-ciudad — Torres-doradas,
Pascual Arribo de tu gente,
Arca tendida de la Alianza!

Del libro *Tala*

EL MAÍZ

I

EL MAÍZ del Anáhuac,
el maíz de olas fieles,
cuerpo de los mexitlis,
a mi cuerpo se viene.
En el viento me huye,
jugando a que lo encuentre,
y que me cubre y me baña
el Quetzalcóatl [1] verde
de las colas trabadas
que lamen y que hieren.
Braceo en la oleada
como el que nade siempre;
a puñados recojo
las pechugas huyentes,
riendo risa india
que mofa y que consiente,
y voy ciega en marea
verde resplandeciente,
braceándole la vida,
braceándole la muerte.

II

Al Anáhuac lo ensanchan
maizales que crecen.
La tierra, por divina,
parece que la vuelen.
En la luz sólo existen
eternidades verdes,
remada de esplendores

---

[1] Quetzalcóatl, la serpiente emplumada de los aztecas.

que bajan y que ascienden.
Las Sierras Madres pasa
su pasión vehemente.
El indio que los cruza
como que no parece.
Maizal hasta donde
lo postrero emblanquece,
y México se acaba
donde el maíz se muere.

III

Por bocado de Xóchitl,
madre de las mujeres,
porque el umbral en hijos
y en danza reverbere,
se matan los mexitlis
como Tlalocs [2] que jueguen
y la piel del Anáhuac
de escamas resplandece.
Xóchitl va caminando
filos y filos verdes.
Su hombre halla tendido
en caña de la muerte.
Lo besa con el beso
que a la nada desciende
y le siembra la carne
en el Anáhuac leve,
en donde llama un cuerno
por el que todo vuelve...

IV

Mazorcada del aire [3]
y mazorcal terrestre,

[2] Espíritus juguetones del agua.
[3] Alusión al fresco del maíz de Diego Rivera llamado "Fecundación"

[162]

el tendal de los muertos
y el Quetzalcóatl verde,
se están como uno solo
mitad frío y ardiente,
y la mano en la mano,
se velan y se tienen.
Están en turno y pausa
que el Anáhuac comprende,
hasta que el silbo largo
por los maíces suene
mandan que las cañas
dancen y desperecen:
¡eternidad que va
y eternidad que viene!

V

Las mesas del maíz
quieren que yo me acuerde.
El corro está mirándome
fugaz y eternamente.
Los sentados son órganos;[4]
las sentadas, magueyes.
Delante de mi pecho
la mazorcada tienden.
De la voz y los modos
gracia tolteca llueve.
La casta come lento,
como el venado bebe.
Dorados son el hombre,
el bocado, el aceite,
y en sesgo de ave pasan
las jícaras alegres.
Otra vez me tuvieron
éstos que aquí me tienen,
y el corro, de lo eterno,
parece que espejee...

[4] Cactus cirial simple.

VI

El santo maíz sube
en un ímpetu verde,
y dormido se llena
de tórtolas ardientes.
El secreto maíz
en vaina fresca hierve
y hierve de unos crótalos
y de unos hidromieles.
El dios que lo consuma,
es dios que lo enceguece;
le da forma de ofrenda
por dársela ferviente;
en voladores hálitos
su entrega se disuelve.
Y México se acaba
donde la milpa [5] muere.

VII

El pecho del maíz
su fervor lo retiene.
El ojo del maíz
tiene el abismo breve.
El habla del maíz
en valva y valva envuelve.
Ley vieja del maíz,
caída no perece,
y el hombre del maíz
se juega, no se pierde.
Ahora es en Anáhuac
y ya fue en el Oriente:
¡eternidades van
y eternidades vienen!

---

[5] "Milpa", el maizal en lengua indígena.

VIII

Molinos rompe-cielos
mis ojos no los quieren.
El maizal no aman
y su harina no muelen:
no come grano santo
la hiperbórea gente.
Cuando mecen sus hijos
de otra mecida mecen,
en vez de los niveles
de balanceadas frentes.
A costas del maíz
mejor que no naveguen:
maíz de nuestra boca
lo coma quien lo rece.
El cuerno mexicano
de maizal se vierte
y así tiemblan los pulsos
en trance de cogerle
y así canta la sangre
con el arcángel verde,
porque el mágico Anáhuac
se ama perdidamente...

IX

Hace años que el maíz
no me canta en las sienes
ni corre por mis ojos...
su crinada serpiente.
Me faltan los maíces
y me sobran las mieses.
Y al sueño, en vez de Anáhuac,
le dejo que me suelte
su mazorca infinita
que me aplaca y me duerme.

Y grano rojo y negro [6]
y dorado y en cierne,
el sueño sin Anáhuac
me cuenta hasta mi muerte...

Del libro *Tala*

[6] Especies coloreadas del maíz en México.

LA DESASIDA

En el sueño yo no tenía
padre ni madre, gozos ni duelos,
no era mío ni el tesoro
que he de velar hasta el alba,
edad mi nombre llevaba,
ni mi triunfo ni mi derrota.

Mi enemigo podía injuriarme
o negarme Pedro, mi amigo,
que de haber ido tan lejos
no me alcanzaban las flechas:
para la mujer dormida
lo mismo daba este mundo
que los otros no nacidos...

Donde estuve nada dolía:
estaciones, sol ni lunas,
no punzaban ni la sangre
ni el cardenillo del Tiempo;
ni los altos silos subían
ni rondaba el hambre los silos.
Y yo decía como ebria:
"¡Patria mía. Patria, la Patria!"

Pero un hilo tibio retuve,
—pobre mujer— en la boca,
vilano que iba y venía
por la nonada del soplo,
no más que un hilo de araña
o que un repunte de arenas.

Pude no volver y he vuelto.
De nuevo hay muro a mi espalda,
y he de oír y responder

y, voceando pregones,
ser otra vez buhonera.

Tengo mi cubo de piedra
y el puñado de herramientas.
Mi voluntad la recojo
como ropa abandonada,
desperezo mi costumbre
y otra vez retomo el mundo.

Pero me iré cualquier día
sin llantos y sin abrazos,
barca que parte de noche
sin que la sigan las otras,
la ojeen los faros rojos
ni se la oigan sus costas...

Del libro *Lagar*

LA FERVOROSA

En todos los lugares he encendido
con mi brazo y mi aliento el viejo fuego;
en toda tierra me vieron velando
el faisán que cayó desde los cielos,
y tengo ciencia de hacer la nidada
de las brasas juntando sus polluelos.

Dulce es callando en tendido rescoldo,
tierno cuando en pajuelas lo comienzo.
Malicias sé para soplar sus chispas
hasta que él sube en alocados miembros.
Costó, sin viento, prenderlo, atizarlo:
era o el humo o el chisporroteo;
pero ya sube en cerrada columna
recta, viva, leal y en gran silencio.

No hay gacela que salte los torrentes
y el carrascal como mi loco ciervo;
en redes, peces de oro no brincaron
con rojez de cardumen tan violento.
He cantado y bailado en torno suyo
con reyes, versolaris y cabreros,
y cuando en sus pavesas él moría
yo le supe arrojar mi propio cuerpo.

Cruzarían los hombres con antorchas
mi aldea, cuando fue mi nacimiento
o mi madre se iría por las cuestas
encendiendo las matas por el cuello.
Espino, algarrobillo y zarza negra,
sobre mi único Valle están ardiendo,
soltando sus torcidas salamandras,
aventando fragancias cerro a cerro.

Mi vieja antorcha, mi jadeada antorcha
va despertando majadas y oteros;
a nadie ciega y va dejando atrás
la noche abierta a rasgones bermejos.
La gracia pido de matarla antes
de que ella mate al Arcángel que llevo.

(Yo no sé si lo llevo o si él me lleva;
pero sé que me llamo su alimento,
y me sé que le sirvo y no le falto
y no lo doy a los titiriteros.)

Corro, echando a la hoguera cuanto es mío.
Porque todo lo di, ya nada llevo,
y caigo yo, pero él no me agoniza
y sé que hasta sin brazos lo sostengo.
O me lo salva alguno de los míos,
hostigando a la noche y su esperpento,
hasta el último hondón, para quemarla
en su cogollo más alto y señero.

Traje la llama desde la otra orilla,
de donde vine y adonde me vuelvo.
Allá nadie le atiza y ella crece
y va volando en albatrós bermejo.
He de volver a mi hornaza dejando
caer en su regazo el santo préstamo.

¡Padre, madre y hermana adelantados,
y mi Dios vivo que guarda a mis muertos:
corriendo voy por la canal abierta
de vuestra santa Maratón de fuego!

Del libro Lagar

PAISAJES DE LA PATAGONIA

A don Juan Contardi

I. Desolación

La bruma espesa, eterna, para que olvide dónde
me ha arrojado la mar en su ola de salmuera.
La tierra a la que vine no tiene primavera:
tiene su noche larga que cual madre me esconde.

El viento hace a mi casa su ronda de sollozos
y de alarido, y quiebra, como un cristal, mi grito.
Y en la llanura blanca, de horizonte infinito,
miro morir inmensos ocasos dolorosos.

¿A quién podrá llamar la que hasta aquí ha venido
si más lejos que ella sólo fueron los muertos?
¡Tan sólo ellos contemplan un mar callado y yerto
crecer entre sus brazos y los brazos queridos!

Los barcos cuyas velas blanquean en el puerto
vienen de tierras donde no están los que son míos;
sus hombres de ojos claros no conocen mis ríos
y traen frutos pálidos, sin la luz de mis huertos.

Y la interrogación que sube a mi garganta
al mirarlos pasar, me desciende, vencida:
hablan extrañas lenguas y no la conmovida
lengua que en tierra de oro mi vieja madre canta.

Miro bajar la nieve como el polvo en la huesa;
miro crecer la niebla como el agonizante,
y por no enloquecer no cuento los instantes,
porque la noche larga ahora tan sólo empieza.

Miro el llano extasiado y recojo su duelo,
que vine para ver los paisajes mortales.
La nieve es el semblante que asoma a mis cristales:
¡siempre será su albura bajando de los cielos!

Siempre ella, silenciosa, como la gran mirada
de Dios sobre mí; siempre su azahar sobre mi casa;
siempre, como el destino que ni mengua ni pasa,
descenderá a cubrirme, terrible y extasiada.

Del libro *Desolación*

COPLAS

A la azul llama del pino
que acompaña mi destierro,
busco esta noche tu rostro,
palpo mi alma y no lo encuentro.

¿Cómo eras cuando sonreías?
¿Cómo eras cuando me amabas?
¿Cómo miraban tus ojos
cuando aún tenían alma?

¡Si Dios quisiera volvérteme
por un instante tan sólo!
¡Si de mirarme tan pobre
me devolviera tu rostro!
. . . . .
Para que tenga mi madre
sobre su mesa un pan rubio,
vendí mis días lo mismo
que el labriego que abre el surco.

Pero en las noches, cansada,
al dormirme sonreía,
porque bajabas al sueño
hasta rozar mis mejillas.

¡Si Dios quisiera entregárteme
por un instante tan sólo!
¡Si de mirarme tan pobre
me devolviera tu rostro!
. . . . .
En mi tierra, los caminos
mi corazón ayudaran:
tal vez te pintan las tardes
o te guarda un cristal de aguas.

Pero nada te conoce
aquí, en esta tierra extraña:
no te han cubierto las nieves
ni te han visto las mañanas.

Quiero, al resplandor del pino,
tener y besar tu cara,
y hallarla limpia de tierra,
y con amor, y con lágrimas.

Araño en la ruin memoria;
me desgarro y no te encuentro,
¡y nunca fui más mendiga
que ahora sin tu recuerdo!

No tengo un palmo de tierra,
no tengo un árbol florido...
Pero tener tu semblante
era cual tenerte un hijo.

Era como una fragancia
exhalando de mis huesos.
¡Qué noche, mientras dormía,
qué noche, me la bebieron!

¿Qué día me la robaron,
mientras por sembrar mi trigo,
la dejé como brazada
de salvias junto al camino?

¡Si Dios quisiera volvérteme
por un instante tan sólo!
¡Si de mirarme tan pobre
me devolviera tu rostro!
. . . . .
Tal vez lo que yo he pedido
no es tu imagen, es mi alma,
mi alma en la que yo cavé
tu rostro como una llaga.

Cuando la vida me hiera,
¿adónde buscar tu cara,
si ahora ya tienes polvo
hasta dentro de mi alma?

Del libro *Desolación*

MIS LIBROS

Lectura en la biblioteca mexicana Gabriela Mistral

¡Libros, callados libros de las estanterías,
vivos en su silencio, ardientes en su calma;
libros, los que consuelan, terciopelos del alma,
y que siendo tan tristes nos hacen la alegría!

Mis manos en el día de afanes se rindieron;
pero al llegar la noche los buscaron, amantes
en el hueco del muro donde como semblantes
me miran confortándome aquellos que vivieron.

¡Biblia, mi noble Biblia, panorama estupendo,
en donde se quedaron mis ojos largamente,
tienes sobre los Salmos las lavas más ardientes
y en su río de fuego mi corazón encendido!

Sustentaste a mis gentes con tu robusto vino
y los erguiste recios en medio de los hombres,
y a mí me yergue de ímpetu sólo el decir tu nombre,
porque de ti yo vengo, he quebrado al Destino.

Después de ti, tan sólo me traspasó los huesos,
con su ancho alarido, el sumo Florentino.
A su voz todavía como un junco me inclino;
por su rojez de infierno, fantástica, atravieso.

Y para refrescar en musgos con rocío
la boca, requemada en las llamas dantescas,
busqué las Florecillas de Asís, las siempre frescas
¡y en esas felpas dulces se quedó el pecho mío!

Yo vi a Francisco, a Aquel fino como las rosas,
pasar por su campiña más leve que un aliento,

besando el lirio abierto y el pecho purulento,
por besar al Señor que duerme entre las cosas.

¡Poema de Mistral, olor a surco abierto
que huele en las mañanas, yo te aspiré embriagada!
Vi a Mireya exprimir la fruta ensangrentada
del amor y correr por el atroz desierto.

Te recuerdo también, deshecha de dulzuras,
versos de Amado Nervo, con pecho de paloma,
que me hiciste más suave la línea de la loma,
cuando yo te leía en mis mañanas puras.

Nobles libros antiguos, de hojas amarillentas,
sois labios no rendidos de endulzar a los tristes,
sois la vieja amargura que nuevo manto viste:
¡desde Job hasta Kempis la misma voz doliente!

Los que cual Cristo hicieron la Vía-Dolorosa,
apretaron el verso contra su roja herida,
y es lienzo de Verónica la estrofa dolorida;
¡todo libro es purpúreo como sangrienta rosa!

¡Os amo, os amo, bocas de los poetas idos,
que deshechas en polvo me seguís consolando,
y que al llegar la noche estáis conmigo hablando,
junto a la dulce lámpara, con dulzor de gemidos!

De la página abierta aparto la mirada,
¡oh muertos!, y mi ensueño va tejiéndoos semblantes:
las pupilas febriles, los labios anhelantes
que lentos se deshacen en la tierra apretada.

Del libro Desolación

EL IXTLAZIHUATL

El Ixtlazihuatl mi mañana vierte;
se alza mi casa bajo su mirada,
que aquí a sus pies me reclinó la suerte
y en su luz hablo como alucinada.

Te doy mi amor, montaña mexicana;
como una virgen tú eres deleitosa;
sube de ti hecha gracia la mañana,
pétalo a pétalo abre como rosa.

El Ixtlazihuatl con su curva humana
endulza el cielo, el paisaje afina.
Toda dulzura de su dorso mana;
el valle en ella tierno se reclina.

Está tendida en la ebriedad del cielo
con laxitud de ensueño y de reposo,
tiene en un pico su ímpetu de anhelo
hacia el azul supremo que es su esposo.

Y los vapores que alza de sus lomas
tejen su sueño que es maravilloso:
cual la doncella y como la paloma
su pecho es casto, pero se halla ansioso.

Mas tú la andina, la de greña oscura,
mi Cordillera, la Judith tremenda,
hiciste mi alma cual la zarpa dura
y la empapaste en tu sangrienta venda.

Y yo te llevo cual tu criatura,
te llevo aquí en mi corazón tajeado,
que me crié en tus pechos de amargura,
¡y derramé mi vida en tus costados!

Del libro *Desolación*

NIÑO MEXICANO

Estoy en donde no estoy,
en el Anáhuac plateado,
y en su luz como no hay otra
peino un niño de mis manos.

En mis rodillas parece
flecha caída del arco,
y como flecha lo afilo
meciéndolo y canturreando.

En luz tan vieja y tan niña
siempre me parece hallazgo,
y lo mudo y lo volteo
con el refrán que le canto.

Me miran con vida eterna
sus ojos negri-azulados,
y como en costumbre eterna,
yo lo peino de mis manos.

Resinas de pino-ocote
van de su nuca a sus brazos,
y es pesado y es ligero
de ser la flecha sin arco...

Lo alimento con un ritmo,
y él me nutre de algún bálsamo
que es el bálsamo del maya
del que a mí me despojaron.

Yo juego con sus cabellos
y los abro y los repaso,
y en sus cabellos recobro
a los mayas dispersados.

Hace doce años dejé
a mi niño mexicano;
pero despierta o dormida
yo lo peino de mis manos...

¡Es una maternidad
que no me cansa el regazo,
y es un éxtasis que tengo
de la gran muerte librado!

                Del libro *Ternura*

RONDA DE LOS COLORES

Azul loco y verde loco
del lino en rama y en flor.
Mareando de oleadas
baila el lindo azuleador.

Cuando el azul se deshoja,
sigue el verde danzador:
verde-trébol, verde-oliva
y el gayo verde-limón.

¡Vaya hermosura!
¡Vaya el Color!

Rojo manso y rojo bravo
—rosa y clavel reventón—.
Cuando los verdes se rinden,
él salta como un campeón.

Bailan uno tras el otro,
no se sabe cuál mejor,
y los rojos bailan tanto
que se queman en su ardor.

¡Vaya locura!
¡Vaya el Color!

El amarillo se viene
grande y lleno de fervor
y le abren paso todos
como viendo a Agamenón.

A lo humano y lo divino
baila el santo resplandor:
aromas gajos dorados
y el azafrán volador.

¡Vaya delirio!
¡Vaya el Color!

Y por fin se van siguiendo
el pavo-real del sol,
que los recoge y los lleva
como un padre o un ladrón.

Mano a mano con nosotros
todos eran, ya no son:
¡El cuento del mundo muere
al morir el Contador!

Del libro *Ternura*

EL PAPAGAYO

El papagayo verde y amarillo,
el papagayo verde y azafrán,
me dijo "fea" con su habla gangosa
y con su pico que es de Satanás.

Yo no soy fea, que si fuese fea,
fea es mi madre parecida al sol,
fea la luz en que mira mi madre
y feo el viento en que pone su voz,
y fea el agua en que cae su cuerpo
y feo el mundo y El que lo crió...

El papagayo verde y amarillo,
el papagayo verde y tornasol,
me dijo "fea" porque no ha comido
y el pan con vino se lo llevo yo,
que ya me voy cansando de mirarlo
siempre colgado y siempre tornasol...

Del libro *Ternura*

PATRIAS

A Emma y a Daniel Cosío Villegas

HAY *dos puntos en la Tierra:*
Montegrande y el Mayab.[1]
Como sus brocales arden
se les tiene que encontrar.

Hay dos estrellas caídas
a espinales y arenal;
no las contaron por muertas
en cada piedra de umbral.
El canto que les ardía
nunca dejó de llamar,
y a más andamos, más crecen
como el padre Aldebarán.

Hay dos puntos cardinales:
Montegrande y el Mayab.
Aunque los ciegue la noche
¿quién los puede aniquilar?
y los dos alciones vuelan
vuelo de flecha real.

Hay dos espaldas en duelo
que un calor secreto dan,
grandes cervices nocturnas
tercas de fidelidad.
Las dos volvieron el rostro
para no mirar a Cam,
pero en oyendo sus nombres
las dos vuelven por salvar.

---

[1] Montegrande, aldea de Elqui (Chile). Mayab, nombre indígena de la península de Yucatán (México).

No son mirajes de arena;
son madres en soledad.
Dieron el flanco y la leche
y se oyeron renegar.
Pero por si regresásemos
nos dejaron en señal,
los pies blancos de la ceiba
y el rescoldo del faisán.

Vamos, al fin, caminando
¡Montegrande y el Mayab!
Cuesta repechar el valle
oyendo burlas del mar.
Pero a más andamos, menos
se vuelve la vista atrás.
La memoria es un despeño
y es un grito el recobrar.

Piedras del viejo regazo,
jades que ya van a hablar,
leños al soltar la llama
en mi aldea y el Mayab:
sólo estamos a dos marchas
y alientos de donde estáis.
Ya podéis secar el llanto
y salirnos a encontrar,
quemar las cañas del Tiempo
y seguir la Eternidad.

Del libro Lagar

ELECTRA EN LA NIEBLA

En la niebla marina voy perdida,
yo, Electra, tanteando mis vestidos
y el rostro que en horas fue mudado.
Ahora sólo soy la que ha matado.
Será tal vez a causa de la niebla
que así me nombro por reconocerme.

Quise ver muerto al que mató y lo he visto
y no fue él lo que vi, que fue la Muerte.
Ya no me importa lo que me importaba.
Ya ella no respira el mar Egeo.
Ya está más muda que piedra rodada.
Ya no hace el bien ni el mal. Está sin obras.
Ni me nombra ni me ama ni me odia.
Era mi madre, y yo era su leche,
nada más que su leche vuelta sangre,
sólo su leche y su perfil, marchando o dormida.
Camino libre sin oír su grito
que me devuelve y sin oír sus voces,
pero ella no camina, está tendida.
Y la vuelan en vano sus palabras,
sus ademanes, su nombre y su risa,
mientras que yo y Orestes caminamos
tierra de Hélade Ática, suya y de nosotros.
Y cuando Orestes sestee a mi costado,
la mejilla sumida, el ojo oscuro,
veré que, como en mí, corren su cuerpo
las manos de ella que lo enmallotaron
y que la nombra con sus cuatro sílabas
que no se rompen y no se deshacen.
Porque se lo dijimos en el alba
y en el anochecer y el duro nombre
vive sin ella por más que está muerta.
Y a cada vez que los dos nos miremos

caerá su nombre como cae el fruto
resbalando en guiones de silencio.

Sólo a Ifigenia y al amante amaba
por angostura de su pecho frío.
A mí y a Orestes nos dejó sin besos,
sin tejer nuestros dedos con los suyos.
Orestes, no te sé rumbo y camino.
Si esta noche estuvieras a mi lado
oiría yo tu alma, tú la mía.

Esta niebla salada borra todo
lo que habla y endulza el pasajero:
rutas, puentes, pueblos, árboles.
No hay semblante que mire y reconozca,
no más la niebla de mano insistente
que el rostro nos recorre y los costados.

A dónde vamos yendo los huidos
si el largo nombre recorre la boca
o cae y se retarda sobre el pecho
como el hálito de ella, y sus facciones
que vuelan disueltas acaso buscándome.

El habla niña nos vuelve y resbala
por nuestros cuerpos, Orestes, mi hermano,
y los juegos pueriles, y tu acento.

Husmea mi camino y ven, Orestes.
Está la noche acribillada de ella,
abierta de ella, y viviente de ella.
Parece que no tiene otra palabra
ni otro viajero, ni otro santo y seña.
Pero en llegando el día ha de dejarnos.
¿Por qué no duerme al lado del Egisto?
¿Será que pende siempre de su seno
la leche que nos dio, será eso eterno
y será que esta sal que trae el viento
no es del aire marino, es de su leche?

[187]

Apresúrate, Orestes, ya que seremos
dos siempre, dos, como manos cogidas
o los pies corredores de la tórtola huida.
No dejes que yo marche en esta noche
rumbo al desierto y tanteando en la niebla.

Ya no quiero saber, pero quisiera
saberlo todo de tu boca misma
cómo cayó, qué dijo dando el grito
y si te dio maldición o te bendijo.
Espérame en el cruce del camino
en donde hay piedras lajas y unas matas
de menta y de romero que confortan.

Porque ella —tú la oyes— ella llama,
y siempre va a llamar, y es preferible
morir los dos sin que nadie nos vea
de puñal, Orestes, y morir de propia muerte.
El dios que te movió nos dé esta gracia,
y las tres gracias que a mí me movieron.

Están como medidos los alientos.
Donde los dos se rompan pararemos.
La niebla tiene pliegues de sudario
dulce en el palpo, en la boca salobre
y volverás a ir al canto mío.
Siempre viviste lo que yo vivía,
por otro atajo irás y al lado mío.
Tal vez la niebla es tu aliento y mis pasos
los tuyos son por desnudos y heridos.
Pero por qué tan callado caminas
y vas a mi costado y sin palabras,
el paso enfermo y el perfil humoso,
si por ser uno lo mismo quisimos
y cumplimos lo mismo y nos llamamos
Electra-Orestes, yo, tú, Orestes-Electra.
O yo soy niebla que corre sin verse
o tú niebla que corre sin saberse.

Pare yo porque puedas detenerte
o yo me tumbe para detener con mi cuerpo tu carrera;
tal vez todo fue sueño de nosotros
adentro de la niebla amoratada,
befa de la niebla que vuela sin sentido.
Pero marchar me rinde y necesito
romper la niebla o que me rompa ella.
Si alma los dos tuvimos, que nuestra alma
siga marchando y que nos abandone.
Ella es quien va pasando y no la niebla.
Era una sola en un solo palacio
y ahora es niebla-albatrós, niebla-camino,
niebla-mar, niebla-aldea, niebla-barco.

Y aunque mató y fue muerta, ella camina
más ágil y ligera que en su cuerpo
y así es que nos rendimos sin rendirla.
Orestes, hermano, te has dormido
caminando o de nada te acuerdas
que no respondes.

TIERRA DE CHILE

A Don Rafael Larco Herrera

Volcán Osorno

Volcán de Osorno, David
que te hondeas a ti mismo,
mayoral en llanada verde,
mayoral ancho de tu gentío.

Salto que ya va a saltar
y que se queda cautivo;
lumbre que al indio cegaba,
huemul [1] de nieves, albino.

Volcán del Sur, gracia nuestra,
no te tuve y serás mío,
no me tenías y era tuya,
en el Valle donde he nacido.

Ahora caes a mis ojos,
ahora bañas mis sentidos,
y juego a hacerte la ronda,
foca blanca, viejo pingüino...

Cuerpo que reluces, cuerpo
a nuestros ojos caído,
que en el agua del Llanquihue
comulgan, bebiendo, tus hijos.

Volcán Osorno, el fuego es bueno
y lo llevamos como tú mismo;

---

[1] Huemul, ciervo chileno.

el fuego de la tierra india,
al nacer, lo recibimos.

Guarda las viejas regiones,
salva a tu santo gentío,
vela indiada de leñadores,
guía chilotes que son marinos.

Guía a pastores con tu relumbre,
Volcán Osorno, viejo novillo,
¡levanta el cuello de tus mujeres,
empina gloria de tus niños!

¡Boyero blanco, tu yugo blanco
dobla cebadas, provoca trigos!
Da a tu imagen la abundancia,
rebana el hambre con gemido.

¡Despeña las voluntades,
hazte carne, vuélvete vivo,
quémanos nuestras derrotas
y apresura lo que no vino!

Volcán Osorno, pregón de piedra,
peán que oímos y no oímos,
quema la vieja desventura,
¡mata a la muerte como Cristo!

Del libro *Tala*

SALTO DEL LAJA

Salto del Laja, viejo tumulto,
hervor de las flechas indias,
despeño de belfos vivos,
majador de tus orillas.

Escupes las rocas, rompes
tu tesoro, te avientas tú mismo,
y por morir o más vivir,
agua india, te precipitas.

Cae y de caer no acaba
la cegada maravilla,
cae el viejo fervor terrestre,
la tremenda Araucanía.

Juegas cuerpo y juegas alma
enteros, agua suicida.
Caen contigo los tiempos,
caen gozos y agonías,
cae la mártir indiada,
y cae también mi vida.

Las bestias cubres de espumas,
ciega a las liebres tu neblina,
y hieren cohetes blancos
mis brazos y mis rodillas.

Te oyen rodar los que talan,
los que hacen pan o caminan;
y los que duermen o están muertos,
o dan su alma o cavan minas,
o en pastales o en lagunas
hallan el coipo y la chinchilla.

Baja el ancho amor vencido,
medio dolor, medio dicha,
en un ímpetu de madre
que a sus hijos hallaría...

Y te entiendo y no te entiendo,
Salto del Laja, vocería,
vaina de antiguos sollozos
y aleluya nunca rendida.

Me voy por el río Laja,
me voy con las locas víboras,
me voy por el cuerpo de Chile,
doy vida y voluntad mías.
Juego sangre, juego sentidos
y me entrego, ganada y perdida...

Del libro Tala

CRIATURAS

Canción de las muchachas muertas

Recuerdo de mi sobrina **Graciela**

¿Y las pobres muchachas muertas
escamoteadas en abril,
las que asomáronse y hundiéronse
como en las olas el delfín?

¿Adónde fueron y se hallan,
encuclilladas por reír,
o agazapadas esperando
voz de un amante que seguir?

¿Borrándose como dibujos
que Dios no quiso reteñir
o anegadas poquito a poco
como en sus fuentes un jardín?

A veces quieren en las aguas
ir componiendo su perfil,
y en las carnudas rosas-rosas
casi consiguen sonreír.

En los pastales acomodan
su talle y bulto de ceñir
y casi logran que una nube
les preste cuerpo por ardid;

casi se juntan las deshechas;
casi llegan al sol feliz;
casi reniegan su camino,
recordando que eran de aquí;

casi deshacen su traición
y van llegando a su redil.
¡Y casi vemos en la tarde
el divino millón venir!

Del libro *Tala*

RUTH

A González Martínez

I

Ruth moabita a espigar va a las eras,
aunque no tiene ni un campo mezquino.
Piensa que es Dios dueño de las praderas
y que ella espiga en un predio divino.

El sol caldeo su espalda acuchilla,
baña terrible su dorso inclinado;
arde de fiebre su leve mejilla,
y la fatiga le rinde el costado.

Booz se ha sentado en la parva abundosa.
El trigal es una onda infinita,
desde la sierra hasta donde él reposa,

que la abundancia ha cegado el camino...
¡Y en la onda de oro la Ruth moabita
viene, espigando, a encontrar su destino!

II

Booz miró a Ruth, y a los recolectores.
Dijo: "Dejad que recoja confiada..."
Y sonrieron los espigadores,
viendo del viejo la absorta mirada...

Eran sus barbas dos sendas de flores,
su ojo dulzura, reposo el semblante;
su voz pasaba de alcor en alcores,
pero podía dormir a un infante...

Ruth lo miró de la planta a la frente,
y fue sus ojos saciados bajando
como el que bebe en inmensa corriente...

Al regresar a la aldea, los mozos
que ella encontró la miraron temblando.
Pero en su sueño Booz fue su esposo...

III

Y aquella noche el patriarca en la era
viendo los astros que laten de anhelo,
recordó aquello que a Abraham prometiera
Jehová: más hijos que estrellas dio al cielo.

Y suspiró por su lecho baldío,
rezó llorando, e hizo sitio en la almohada
para la que, como baja el rocío,
hacia él vendría en la noche callada.

Ruth vio en los astros los ojos con llanto
de Booz llamándola, y estremecida,
dejó su lecho y se fue por el campo...

Dormía el justo, hecho paz y belleza.
Ruth, más callada que espiga vencida,
puso en el pecho de Booz su cabeza.

Del libro *Desolación*

RECADO A LOLITA ARRIAGA, EN MÉXICO

Lolita Arriaga, de vejez divina,
Luisa Michel, sin humo y barricada,
maestra parecida a pan y aceite
que no saben su nombre y su hermosura,
pero que son los "gozos de la Tierra".

Maestra en tiempo rojo de vikingos,
con escuela ambulante entre vivacs y rayos,
cargando la pollada de niños en la falda
y sorteando las líneas de fuego con las liebres.

Panadera en aldea sin pan, que tomó Villa
para que no lloraran los chiquitos, y en otra
aldea del azoro, partera a medianoche,
lavando al desnudito entre los silabarios;

o escapando en la noche del saqueo
y el pueblo, ardiendo, vuelta salamandra,
con el recién nacido colgando de los dientes
y en el pecho terciadas las mujeres.

Providencia y perdón de tus violentos,
cuyas corvas azota Huitzilopochtli, el negro,
"porque todos son buenos, alanceados del diablo
que anda a zancadas a medianoche haciendo locos"..

Comadre de las cuatro preñadas estaciones,
que sabes mes de mangos, de mamey y de yucas,
mañas de raros árboles, trucos de injertos vírgenes,
floreal y frutal con la Cibeles madre.

Contadora de *casos* de iguanas y tortugas,
de bosques duros alanceados de faisanes,
de ponientes partidos por cuernos de venados
y del árbol que suda el sudor de la muerte,

vestida de tus fábulas como jaguar de rosas,
cortándolas de ti por darlas a otros
y tejiéndome a mí el ovillo del sueño
de tu viejo relato innumerable.

Bondad abrahámica de Lola Arriaga,
maestra del Dios del cielo enseñando en Anáhuac,
sustento de milagro que me dura en los huesos
y que afirma mis piernas en las siete caídas.

Encuentro tuyo en la tierra de México,
conversación feliz en el patio con hierbas,
casa desahogada como tu corazón,
y escuela tuya y mía que es nuestro largo abrazo.

Madre mía sin sueño, velándome dormida
del odio suelto que llegaba hasta la puerta
como el tigrillo, se hallaba tus ojos
y se alejaba con carrera rota...

Los cuentos que en la Sierra a darme no alcanzaste
me los llevas a un ángulo del cielo.
¡En un rincón, sin volteadura de alas,
dos viejas blancas como la sal diciendo a México
con unos tiernos ojos como las tiernas aguas
y con la eternidad del bocado de oro
en nuestra lengua sin polvo del mundo!

Del libro *Tala*

APEGADO A MÍ

Velloncito de mi carne,
que en mi entraña yo tejí,
velloncito friolento,
¡duérmete apegado a mí!

La perdiz duerme en el trébol
escuchándole latir;
no te turben mis alientos,
¡duérmete apegado a mí!

Hierbecita temblorosa
asombrada de vivir,
no te sueltes de mi pecho:
¡duérmete apegado a mí!

Yo que todo lo he perdido
ahora tiemblo hasta al dormir.
No resbales de mi brazo:
¡duérmete apegado a mí!

Del libro Ternura

MIEDO

Yo no quiero que a mi niña
golondrina me la vuelvan.
Se hunde volando en el cielo
y no baja hasta mi estera;
en el alero hace el nido
y mis manos no la peinan.
Yo no quiero que a mi niña
golondrina me la vuelvan.

Yo no quiero que a mi niña
la vayan a hacer princesa.
Con zapatitos de oro,
¿como juega en las praderas?
Y cuando llegue la noche
a mi lado no se acuesta...
Yo no quiero que a mi niña
la vayan a hacer princesa.

Y menos quiero que un día
me la vayan a hacer reina.
La pondrían en un trono
a donde mis pies no llegan.
Cuando viniese la noche
yo no podría mecerla...
¡Yo no quiero que a mi niña
me la vayan a hacer reina!

Del libro *Ternura*

HIMNO AL ÁRBOL

A don José Vasconcelos

Árbol hermano, que clavado
por garfios pardos en el suelo,
la clara frente has elevado
en una intensa sed de cielo:

hazme piadoso hacia la escoria
de cuyos limos me mantengo,
sin que se duerma la memoria
del país azul de donde vengo.

Árbol que anuncias al viandante
la suavidad de tu presencia
con tu amplia sombra refrescante
y con el nimbo de tu esencia:

haz que revele mi presencia,
en la palabra de la vida,
mi suave y cálida influencia
de criatura bendecida.

Árbol diez veces productor:
el de la poma sonrosada,
el del madero constructor,
el de la brisa perfumada,
el del follaje amparador;

el de las gomas suavizantes
y las resinas milagrosas,
pleno de brazos agobiantes
y de gargantas melodiosas:

hazme en el dar un opulento.
¡Para igualarte en lo fecundo,

el corazón y el pensamiento
se me hagan vastos como el mundo!

Y todas las actividades
no lleguen nunca a fatigarme:
¡las magnas prodigalidades
salgan de mí sin agotarme!

Árbol donde es tan sosegada
la pulsación del existir,
y ven mis fuerzas la agitada
fiebre del mundo consumir:

hazme sereno, hazme sereno,
de la viril serenidad
que dio a los mármoles helenos
su soplo de divinidad.

Árbol que no eres otra cosa
que dulce entraña de mujer,
pues cada rama mece airosa
en cada leve nido un ser:

dame un follaje vasto y denso,
tanto como han de precisar
los que en el bosque humano, inmenso,
rama no hallaron para hogar.

Árbol que dondequiera aliente
tu cuerpo lleno de vigor,
levantarás eternamente
el mismo gesto amparador:

haz que a través de todo estado
—niñez, vejez, placer, dolor—
levante mi alma un invariado
y universal gesto de amor.

Del libro *Ternura*

PROSAS

LA ORACIÓN DE LA MAESTRA

¡Señor! Tú que enseñaste, perdona que yo enseñe; que lleve el nombre de maestra, que Tú llevaste por la Tierra.

Dame el amor único de mi escuela; que ni la quemadura de la belleza sea capaz de robarle mi ternura de todos los instantes.

Maestro, hazme perdurable el fervor y pasajero el desencanto. Arranca de mí este impuro deseo de justicia que aún me turba, la protesta que sube de mí cuando me hieren. No me duela la incomprensión ni me entristezca el olvido de las que enseñé.

Dame el ser más madre que las madres, para poder amar y defender como ellas lo que no es *carne de mis carnes*. Alcance a hacer de una de mis niñas mi verso perfecto y a dejarte en ella clavada mi más penetrante melodía para cuando mis labios no canten más.

Muéstrame posible tu Evangelio en mi tiempo, para que no renuncie a la batalla de cada hora por él.

Pon en mi escuela democrática el resplandor que se cernía sobre tu corro de niños descalzos.

Hazme fuerte aun en mi desvalimiento de mujer, y de mujer pobre; hazme despreciadora de todo poder que no sea puro, de toda presión que no sea la de tu voluntad ardiente sobre mi vida.

¡Amigo, acompáñame!, ¡sosténme! Muchas veces no tendré sino a Ti a mi lado. Cuando mi doctrina sea más cabal y más quemante mi verdad, me quedaré sin los mundanos; pero Tú me oprimirás entonces contra tu corazón, el que supo harto de soledad y desamparo.

Yo sólo buscaré en tu mirada las aprobaciones.

Dame sencillez y dame profundidad; líbrame de ser complicada o banal en mi lección cotidiana.

Dame el levantar los ojos de mi pecho con heridas al entrar cada mañana a mi escuela. Que no lleve a mi mesa de trabajo mis pequeños afanes materiales, mis menudos dolores.

Aligérame la mano en el castigo y suavízame más en la caricia. ¡Reprenda con dolor, para saber que he corregido amando!

Haz que haga de espíritu mi escuela de ladrillos. Le envuelva la llamarada de mi entusiasmo su atrio pobre, su sala desnuda. Mi corazón le sea más columna y mi buena voluntad más oro que las columnas y el oro de las escuelas ricas.

¡Y, por fin, recuérdame, desde la palidez del lienzo de Velázquez, que enseñar y amar intensamente sobre la Tierra es llegar al último día con el lanzazo de Longinos de costado a costado!

LA MADRE

Vino mi madre a verme; estuvo sentada aquí a mi lado, y, por primera vez en nuestra vida, fuimos dos hermanas que hablaron del tremendo trance.

Palpó con temblor mi vientre y descubrió mi pecho. Y al contacto de sus manos me pareció que se entreabrían con suavidad mis entrañas y que a mi seno subía la onda láctea.

Enrojecida, llena de confusión, le hablé de mis dolores y del miedo de mi carne; caí sobre su pecho ¡y volví a ser de nuevo una niña pequeña que sollozó en sus brazos del terror de la vida!

CUÉNTAME, MADRE

Madre, cuéntame todo lo que sabes por tus viejos dolores. Cuéntame cómo nace y cómo viene su cuerpecillo, entrabado todavía con mis vísceras.

Dime si buscará solo mi pecho o si se lo debo ofrecer.

Dame tu ciencia de amor ahora, madre. Enséñame las nuevas caricias, más delicadas que las del esposo.

¿Cómo limpiaré su cabecita en los días sucesivos? ¿Y cómo lo liaré para no dañarlo?

Enséñame, madre, la canción de cuna con que me meciste. Ésa lo hará dormir mejor que otras canciones.

POEMA DE LA MADRE MÁS TRISTE

¿Para qué viniste? Nadie te amará, aunque eres hermoso, hijo mío. Aunque sonríes como los demás niños, como el menor de mis hermanitos, no te besaré sino yo, hijo mío. Y aunque te agites buscando juguetes, no tendrás para tus juegos sino mi seno y la hebra de mi llanto, hijo mío.

¿Para qué viniste si el que te trajo te odió al sentirte en mi vientre?

¡Pero no! ¡Para mí viniste; para mí, que estaba sola hasta cuando me oprimía él entre sus brazos, hijo mío!

PROSAS MEXICANAS

EL PAISAJE MEXICANO

Este paisaje del Valle de México es cosa tan nueva para mis ojos, que me desconcierta, aunque el desconcierto está lleno de maravillamiento. Yo he vivido muchos años en paisajes de montañas; pero de montañas agrias, en ese que yo he llamado paisaje hebreo por la terquedad y la grandeza hosca.

También aquí me ciñe un abrazo de montes; pero, ¡qué diversos!

La meseta del Anáhuac tiene, como se sabe, una altura media de 1 800 metros sobre el nivel del mar. Sus cumbres, el Popocatépetl, el Iztaccíhuatl y el Ajusco, se elevan sobre ella, mas no dan esa impresión de formidable muro que es nuestra cordillera en Santiago: están aisladas, y su altura, de más de 5 000 metros, queda así muy disminuida, vista desde la meseta. Son cumbres dulcísimas, de una línea depurada, como hechas por la mano de Donatello. Muy dulces. Nos levantan sobre la meseta faldas anchas y poderosas. Varias líneas de lomajes y cerros velan sus asientos y aparecen solamente las cumbres buriladas contra el azul. Es la palabra, buriladas. El Dios que hizo estas montañas no es el Jehová potente, ni siquiera el Dios cuya mano enérgica amasó Rodin; éste es un Dios que hace su tierra con dedo acariciante, y yo he recordado, mirando esta naturaleza, el elogio que Anatole France hiciera del paisaje de Florencia. No me dan la visión de cordillera ni de la gran Sierra que ellas son; me parecen estas montañas obra de arte, en vez de creaciones de la feroz naturaleza.

La que más amo es el Iztaccíhuatl, o sea, La Mujer Blanca. Línea a línea, es una mujer tendida y vuelta al cielo. Tiene una elevación como de pierna recogida, y otra menor que simula el pecho. La blancura de su nieve eterna (aquí lo de eterna es verdad) aumenta la visión deleitosa.

Mi casa de Mixcoac (alrededores de México) queda frente a ella. La saludo al abrir mis ventanas como a mi diosa tutelar. Cuando no tiene su espesa superposición de nubes, ¡qué dulces suben de ella las mañanas!

El cielo de México es maravilloso. Generalmente está límpido, en las primeras horas del día; pero mantiene siempre las nubes en los bordes del horizonte, descansando sobre su línea de cumbres.

A medida que avanza el día, el cerco blanco se va subiendo al fin, se estrecha y se oscurece y empieza la lluvia de todas las tardes.

Es una lluvia ligera y breve. Ella es el eco debilitado de tempestades lejanas. Deben ser las tempestades hermosísimas y terribles en la línea de las montañas. Alcanzan al centro del valle sólo sus ecos, sus ecos.

Desde Cuba vengo habituándome al juego épico de truenos y relámpagos, juego wagneriano que a nadie inquieta y que a mí me hacía palidecer. Recuerdo el inmenso garabateo de rayos que jugaban fantásticamente sobre la Isla de Cuba la noche en que nos aproximábamos a ella, y que yo miraba temblando desde la borda. Ahora ya duermo tranquilamente con esta música guerrera que me dan las Sierras Madres; pienso que es una soberbia canción de cuna, y cierro los ojos confiada...

La lluvia cotidiana a que aludía es una de las bendiciones de Dios para esta tierra. Aunque jamás se siente en la meseta un calor intenso, es necesaria y deliciosa a la par. Hacia las seis o siete de la tarde ya ha cesado, y sube la exhalación de la tierra, en un vaho de frescura. Se hizo la desecación de los lagos que rodean a México. Según algunos, la desecación era natural y solamente se apresuró. La arena que vino a cubrir una gran extensión de terreno, vuela sobre la ciudad en un polvo menudo que esta lluvia aplaca, devolviendo al horizonte la nitidez que tiene y que es para mí el mejor atributo del paisaje.

Dije que el cielo era maravilloso. No le he visto aún las tardes ricas de color de que me hablan los mexicanos, y que vienen con el invierno. La hermosura del cielo es para mí la de su infinita extensión y la de sus anchos juegos de nubes.

Como no hay esa muralla épica de nuestra cordillera, que disminuye el horizonte, este cielo mexicano es vastísimo. Las nubes son dilatadas y ligeras y tienen como mayor movilidad, como menor espesura que las de nuestro cielo del sur. Tejen allá arriba un universo fantástico que yo suelo seguir una tarde entera desde la azotea de mi casa. Son juegos graciosos e infinitos. Es un avance hacia la mitad del cielo, y que termina con esa lluvia de todas las tardes.

No he visto muchas noches despejadas. Al revés de lo que pasa en nuestra zona, estas noches vendrán con el invierno...

Mi fiesta cotidiana es la de la luz de la meseta. En los primeros días fue para mí una especie de éxtasis ardiente que sucedía al éxtasis del mar. Aunque entrecerraba mis ojos la luz por su crudeza, yo la recibía como debieron hacerlo los aztecas, místicamente. Era la compañera de mi infancia, perdida tantos años y que vuelve a jugar conmigo...

El valle en que nací la tiene semejante, y yo le debo mi rica sangre, mi férvido corazón. Mis años de tierra fría fueron un largo castigo para estos ojos, los acostumbrados a beberla y a vivir de ella, como se vive del sustento. La he recuperado aunque sea por un tiempo y dejo que me riegue largamente. No querría perderla ni una sola mañana. Canta en mi pecho y en mis venas. La estoy alabando siempre, con una exaltación que no pueden explicarse las gentes mexicanas que nunca conocieron la tristeza desolada de la tierra austral.

No es ésta la luz de Cuba, cegadora, que parecía romper mis ojos, y que apenas me dejó mirar esa Isla que yo he llamado la rosa de fuego, porque es hermosa como una terrible hermosura de brasa desnuda. Tan intensa era esa luz que me daba la impresión de que yo no había conocido hasta entonces el sol.

Ésta no: es viva sin ser heridora. Y el paisaje que pinta no es crudo ni chillón. Yo pensaba en los pintores, desde Panamá hasta Cuba. ¿Cómo pintar esas coloraciones tan de cromo, de una brillantez que en la naturaleza es maravillosa, pero que en un cuadro resultarían excesivas?

Y hablaremos del clima, consecuencia de los elementos que ya he descrito: la altura, la lluvia y la luz.

Veracruz es ardiente; un poco menos siempre que La Habana; me dicen que Yucatán es el verdadero trópico, y lo son Tabasco y Campeche, los tres estados que la península tiene en la costa sureste. A cuatro horas de Veracruz ya me encontré con una ciudad de clima clementísimo: Jalapa. Fue el saludo de dulzura que me hizo México. El clima de la meseta es una suavidad imponderable. No diré que es el mejor del mundo, porque la frase está desprestigiada ante mí misma. La dicen gentes que no han recorrido ni un cuarto de mundo, la dicen por patriotismo geográfico.

Pero puedo decir de esta temperatura que es una delicia inefable. Para definir lo que es un buen clima, voy a apelar a un viejo recuerdo. En un grupo de amigos decíamos cierta vez que la excelencia de las cosas consiste en que hagan olvidar esa misma excelencia: el mejor estilo es aquel que hace olvidar la idea de estilo, la santidad es el estado moral que borra toda impresión de santidad, reñida de lucha espiritual. El mejor clima vendría a ser aquel que hace desaparecer enteramente la idea de calor y de frío, que son los elementos que constituyen el clima. No he sentido hasta hoy nunca, ni en plena lluvia recibida sin resguardo en el campo, frío alguno, y el grado del calor es solamente aquel necesario para dar la sensación de bienestar. Al caminar mucho se siente el cansancio que da la altura, pero no el calor.

Yo he apreciado aquí en todo su valor la importancia de una temperatura privilegiada. Solía decir en Punta Arenas que su horrible frío era una desventaja moral: me hacía egoísta; vivía yo preocupada de mi estufa y de mi carne entumecida... En La Habana viví cuatro días exclusivamente ocupada de matar el calor, de disminuirlo siquiera, con mala fortuna, por cierto. En México puedo ocuparme de todo y no sólo de mí misma. La actividad no se resiente como piensan algunos por la dulzura del clima; para los pobres que no tienen ninguna forma de felicidad mundana, se me ocurre que este solo clima suavísimo debe serles una forma de dicha. Corrijo, sin embargo, mi pensamiento: los que han nacido aquí no pueden sentir en esto lo extraordinario que yo encuentro, y que llega a producirme ventura.

De la dulzura de las cumbres y del cielo bajan los ojos a la del Valle. Esta palabra Valle la adopto sólo por respeto a la geografía oficial. El Anáhuac no es lo que nosotros llamamos en Chile un valle. Le sobra extensión para ello: es más bien un llano dilatadísimo, de una línea horizontal casi perfecta.

Es un paisaje suavísimo, como un juego delicado de las arcillas que durante siglos las vertientes de las montañas han ido depositando. En torno de la ciudad de México hay campos, campos extensos, cubiertos de pastos y de árboles aislados, grandes fresnos, graciosos chopos y huejotes (árboles muy parecidos a nuestro esbelto álamo). Todos estos árboles me hacen recordar los de Corot, elegantes y sobrios como figuras humanas.

No es nuestro campo quebrado, con hondonadas donde los matorrales dan una ilusión de grutas sombrías y frescas. La planicie es perfecta y la luz lo baña todo.

Los solares rurales están separados unos de otros por líneas extensas de magueyes, la planta característica de la región, la cual merece que yo, mala descriptora siempre, procure sin embargo describirla, porque vale el esfuerzo...

Es una planta de inmensas hojas que tienen de dos a tres metros; anchas, cenicientas, de punta zarpada, caídas hacia los lados como caen los chorros de un surtidor. Dos o tres metros de altura también; hojas durísimas y gruesas que dan la llamada pita del maguey. Ésta es una fibra industrial de primer orden, que proporciona a los indios, aquí en la meseta, la materia prima para sus admirables tejidos. Otra especie de la planta que abunda en Yucatán da la llamada fibra de henequén, de la cual se saca la seda artificial y se hacen las mejores jarcias conocidas.

Ya en el trayecto de Jalapa a México venía yo alabando los hermosos magueyes como motivos ornamentales del paisaje. Un compañero me rompió el elogio.

—Es hermoso, pero demoniaco, me dijo. Equivale a la endiablada hermosura de la viña de ustedes. El indio arranca del maguey el aguamiel, de sabor delicioso, pero que se convierte después en nuestro pulque, la tremenda bebida del pueblo...

Así es; mas el decorativo y noble maguey no tiene la culpa...

Del centro de la planta, en el punto que puede llamarse su corazón, el indio aspira el jugo en una ablución lenta. Su malicia, como la de Noé, lleva a la fermentación. Obtiene después de ésta un licor que produce el efecto de los alcoholes de mayor grado. Para daño del pobre indio, esta bebida resulta baratísima, y ni siquiera puede enrostrársele a él su vicio como cosa cara. La planta es numerosa y no necesita cultivo.

Éste es, simplificadísimo, el paisaje del Valle de México: suma suavidad y también suma sobriedad.

Hay que salir de la meseta, según me aseguran, para encontrar el paisaje agrio y exuberante.

A LA MUJER MEXICANA

Lectura en el Congreso Mexicano del Niño

Mujer mexicana: amamanta al niño en cuya carne y en cuyo espíritu se probará la raza latinoamericana.

Tu carne bien coloreada de soles, es rica; la delicadeza de tus líneas tiene concentrada la energía y engaña con su fragilidad. Tú fuiste hecha para dar los hombres más fuertes, los vencedores más intrépidos, los que necesita tu pueblo en su tremenda hora de peligro: organizadores, obreros y campesinos.

Tú estás sentada sencillamente en el corredor de tu casa y esa quietud y ese silencio parecen languidez; pero en verdad hay más potencia en tus rodillas tranquilas que en un ejército que pasa, porque tal vez estás meciendo al héroe de tu pueblo.

Cuando te cuenten, madre mexicana, de otras mujeres que sacuden la carga de la maternidad, que tus ojos ardan de orgullo, porque para ti todavía la maternidad es el inefable gozo y la nobleza total.

Cuando te digan, excitándote, de madres que no sufren como tú el desvelo junto a la cuna y no dan la vaciadura de su sangre en la leche amamantadora, oye con desprecio la invitación, porque tú no has de renunciar a las mil noches de angustia junto a tu niño con fiebre, ni has de permitir que la boca de tu hijo beba la leche de un pecho mercenario. Tú, amamantarás, tú mecerás, tú irás cargando el tirso de jazmines que la vida dejó caído sobre tu pecho.

Madre mexicana: para buscar tus grandes modelos no volverás tus ojos hacia las mujeres locas del siglo, que danzan y se agitan en plazas y salones y apenas conocen al hijo que llevaron clavado en sus entrañas, las mezquinas mujeres que traicionan la vida al esquivar el deber, sin haber esquivado el goce. Tú volverás los ojos hacia los modelos antiguos y eternos: a las madres hebreas y a las madres romanas.

Da alegría a tu hijo, que la alegría se le hará rojez en la sangre y templadura en los músculos. Canta con él las canciones de tu país, dulcísimas; juega a su lado en los jardines y en el agua temblorosa de tu baño; llévalo por el campo bajo la rica luz de tu meseta.

Te han dicho que tu pureza es una virtud religiosa. También es una virtud cívica: tu vientre sustenta a la raza; las muchedumbres ciudadanas nacen de tu seno calladamente con el eterno fluir de los manantiales de tu tierra. El empequeñecimiento de los hombres comienza siempre por la corrupción de las mujeres y es que el río puede enturbiarse al cruzar los pueblos; pero sus fuentes son puras.

Hermosa y fuerte la tierra en que te tocó nacer, madre mexicana: tiene los vientos más perfectos del mundo y cuaja el algodón de copos suave y deleitoso. Pero tú eres la aliada de la tierra, la que debe entregar los brazos que colecten los frutos y las manos que escarden los algodones. Tú eres la colaboradora de la tierra, y por eso ella te baña de gracia en la luz de cada mañana.

Madre mexicana: reclama para tu hijo vigorosamente lo que la existencia debe a los seres que nacen sin que pidieran nacer. Por él tienes derecho a pedir más alto que todas, y no debes dejar que tu reclamo suba de otras bocas. Pide para él la escuela soleada y limpia; pide los alegres parques; pide las grandes fuentes artificiales y las fiestas de las imágenes, en el libro y en el cinema educador; exige colaborar en ciertas leyes; haz que limpien de vergüenza al hijo ilegítimo y no le hagan nacer paria y vivir paria en medio de los otros hijos felices; las leyes que entreguen a vosotras los servicios de beneficencia infantil; las que reglamenten vuestro trabajo y el de los niños que se agotan en la faena brutal de las fábricas.

Para esto podréis ser osadas, sin dejar de ser prudentes; vuestra palabra no será grotesca, cobrará santidad y hará pasar por las multitudes que os oyen el calofrío de lo divino.

Tenéis derecho, madres, a sentaros entre las maestras y a discutir con ellas la educación de vuestros hijos y a decirles sus errores, hasta que sean enmendados.

Te oirán tarde o temprano, madre mexicana; volverán a ti su mirada los hombres justos, que todavía son muchos. Porque tu majestad quiebra, vencidas, a todas las demás majestades, y el verso de Walt Whitman se recuerda cuando se te ve cruzar: "Yo os digo que no hay nada más grande que la madre de los hombres."

El mundo va madurando lentamente para la justicia; es la verdad que ya se acepta el que tu voz se eleve entre las voces de los hombres, pidiendo para tu hijo, que es más tuyo que del padre, porque te dio más dolor.

Yo te amo, madre mexicana, hermana de la mía, que bordas exquisitamente, tejes la estera color de miel y cruzas el campo vestida de azul, como la mujer de la Biblia, para llevar el sustento del hijo o del esposo que riegan los maizales.

Te hablo por eso, como hablo a las mujeres de mi raza del sur, con un acento que no sentirás frío ni intruso. Te repito: la raza latinoamericana se probará en tus hijos: en ellos seremos todos los del continente austral juzgados y nos salvaremos o seremos perdidos en ellos. Dios les fijó la dura suerte de que el avance enemigo, la marejada del norte, rompa sobre sus pechos. Por eso cuando tus hijos luchan o cantan, los rostros del sur se vuelven hacia acá, llenos de esperanza y de inquietud a la par.

Mujer mexicana: en tus rodillas se mece la raza latina y no hay destino más grande y tremendo que el tuyo en esta hora.

México, enero de 1923.

EL PRESIDENTE OBREGÓN Y LA SITUACIÓN EN MÉXICO

El general Obregón es varón de 40 años; tiene una fisonomía muy enérgica y da la impresión de un hombre fuerte, a pesar de su brazo mutilado en el que lleva como el recuerdo lacerante de la revolución, a la cual ha dado su propia sangre. Los ojos claros, llenos de inteligencia y vivacidad, y la sonrisa franca, quitan dureza a la fisonomía. Su palabra es fácil, sobria y tranquila. Expresa su pensamiento sin ambigüedad alguna, sin esconder sus convicciones, netas como las líneas de su semblante. Viste con una sencillez que llamaremos de Presidente norteamericano, porque en los de nuestra América, especialmente en los generales, no abunda esta virtud externa. Una ironía sana matiza su conversación, ironía muy de su raza, pero que está llena de cordialidad. En ningún momento de su charla aparece en el Presidente aquel general sin cultura y lleno de vanidad grotesca que Blasco Ibáñez inventó en su libro unilateral y sin hidalguía sobre México, obra —dicho sea de paso— de sensacionalismo, hábilmente destinada al público de Nueva York, documentada en dos meses de residencia en la capital de un vasto país y en días desgraciados, de gran agitación.

La cultura universitaria que el Presidente no adquirió, está reemplazada con creces por un sagaz espíritu intuitivo y de observación que le reconocen cuantos le tratan. Su caso es común en esta raza que Jacinto Benavente ha llamado "la más inteligente de la América española".

Su conversación sólo puede decepcionar a los extranjeros, a quienes gusta hacer de la política un abanico de pavo real, con metáforas tropicales, y a los diplomáticos habituados a los presidentes que no dicen nada, que esquivan todo concepto claro por una prudencia que linda con la cobardía o la estulticia. Hasta los norteamericanos que le tratan, cuando pueden hablar libres de la presión de su gobierno, declaran que les ha dejado una impresión de profunda honradez y de viril franqueza.

En su carácter dominan esa sinceridad y una energía a la

cual debe México dos años de paz y del trabajo de reconstrucción más intenso y más vasto que es dable concebir. Lo que significa para el país la mano vigorosa de este hombre, quebrantando la anarquía hasta las vértebras, buscando el orden para dignificar a México ante el extranjero y dar descanso a su raza dolorida y fatigada, es mucho, es tanto que si no hubiese hecho otra cosa en su gobierno que obtener esta tregua salvadora, tendría derecho por ese solo título a la gratitud de sus gentes y a la consideración de los demás pueblos.

Pero ha hecho mucho más: ha iniciado en la América nuestra la reforma agraria que pasará seguramente a los otros países, depurándose de sus errores parciales, y ha hecho la reforma educacional más grande que ve nuestra raza desde los tiempos del gran Sarmiento hasta la fecha. Estima que el problema de su país se resuelve con la cultura de sus doce millones de indígenas y con el mejoramiento material de los mismos. Piensa que la pequeña propiedad hará sentir al indio la patria hecha madre de verdad; el trabajo próspero le traerá el amor de la paz; quedará el indio incorporado, con la pureza del sufragio, a la vida política y con la posesión de la parcela de tierra, hará suyos los intereses económicos de la nación. Los gobiernos españoles primero, y los nacionales después, nunca procuraron transformar al indio en ciudadano; se perdieron así para esta labor de enorme urgencia cuatro siglos y en las reformas que ahora se verifican tiene que haber ese apresuramiento febril con que se realiza toda labor descuidada y que es cosa vital para un pueblo.

Por otra parte, en las exigencias de campesinos y obreros mexicanos sólo se ha vuelto más agudo el caso que hemos visto desarrollarse en Europa después de la gran guerra: los hombres que han peleado largos años, que han vivido el infierno de no tener hogar, de entregarlo todo —salud, familia, bienestar—, a la lucha atroz, vuelven de los campamentos exigiendo, ya no justicia parcial, sino total; ya no reformas lentas, sino inmediatas.

Cuatro años de la guerra europea realizaron esta mudanza en los espíritus; diez años de la Revolución mexicana no han podido hacer menos. No hay sino aceptar los hechos consumados que son de una lógica absoluta y humana.

La cuestión agraria no había sido en nuestros países afrontada todavía; a México le ha correspondido el duro destino de empezar. Es tremendo, aunque sea glorioso, este privilegio de comenzar sin que pueda aprovecharse del tesoro de la experiencia ajena. La única que hay en esta cuestión es la europea, y nunca nos cansaremos de decir que la experiencia de Europa rara vez sirve para la América por tratarse de campos radicalmente diversos. Con la reforma agraria no sólo buscan los hombres de la Revolución Mexicana el cumplimiento de las promesas democráticas hechas al pueblo; buscan algo más: la mayor producción que es en todas partes el resultado de la división de la tierra; todavía esto no se alcanza en México, es verdad, pero se alcanzará en cinco años más.

Eso es lo que la revolución ha hecho por el campesino; la situación del obrero industrial ha mejorado notablemente y se discute un Código de Trabajo avanzado, pero sensato, que contiene —éste sí— la experiencia de otros países, cuajada en la legislación obrera de los últimos años.

De este modo responde el gobierno de la revolución a las esperanzas que el pueblo puso en ella y rara vez se ve en nuestros países que los hombres elevados en nombre de ciertos principios democráticos rotundos los cumplan al llegar al poder; tal consecuencia política es tan rara, que con razón asombra a los vecinos que la miran con cierto estupor.

Las reformas netamente democráticas de esta administración han herido intereses de antiguo establecidos. Es absolutamente necesario al considerar este punto, detenerse en un hecho formidable y que lo domina todo: en una población de 16 millones de habitantes, los intereses de la minoría primaron mientras no hubo sufragio popular efectivo; al iniciarse éste, la mayoría aplastante tenía que imponerse y de modo fundamental, arrolladora. En otras partes, en Chile, por ejemplo, la aristocracia y la clase media reunidas acaso, pueden equilibrar numéricamente sus fuerzas con las del pueblo, y por lo tanto, su criterio puede sobreponerse por muchos años a las peticiones radicales de la masa trabajadora. En México no, y o se acepta el resultado presente que emana recto del régimen republicano que los países de origen español eligieron por tipo, o se cambia el régimen;

cosa ya imposible en nuestro tiempo. No queda, pues, sino aceptar los sucesos que lógicamente han acaecido por ese desequilibrio enorme que hay entre las tres clases.

En cuanto a la reforma educacional que verifica esta administración, es ella de tal trascendencia, realiza una síntesis tan admirable de las mejores ideas pedagógicas que dominan hoy en el mundo, que no ha podido menos que imponerse a la admiración del Continente. Lo que se destaca más vigorosamente en ella es su esfuerzo en favor de la enseñanza del indio, la preponderancia de la educación primaria sobre la universitaria y la índole radicalmente práctica con la que se busca hacer de México una nación industrial de primer orden. Así se podrá detener, con la invasión económica, la invasión política. El movimiento educacional en México, el esfuerzo de cultura estupendo que significa un presupuesto aumentado en siete o diez veces superior al de guerra, son cosas que hacen volverse con respeto a la Argentina, Brasil y Centroamérica, hacia el calumniado país en el que sólo se quería ver una especie de histerismo político, sin el sentido social y hondamente humano, que tenía la agitación revolucionaria. Ojalá todos los pueblos se impusieran al respeto de los demás con una obra semejante; ojalá para la clasificación de valores de las naciones, una labor educacional de esta magnitud fuese más tomada en cuenta que el tonelaje de las naves de guerra.

Si este Presidente, como lo diremos más adelante, no asiste a todas las reuniones diplomáticas, se le ve en cambio en cada inauguración de escuela, en cada acto cultural de importancia. Edificios escolares espléndidos se levantan en la capital y en los estados y serán la huella tangible de una administración creadora y de un jefe al que podrá llamarse como a Sarmiento, Presidente civilizador. Esto por sí solo destruirá la leyenda del militarismo de México, país que ni siquiera tiene servicio militar obligatorio...

Después de la cuestión agraria, viene la cuestión del petróleo, en la crítica amarga que se hace del gobierno del presidente Obregón.

La política económica de este régimen no es ni más ni menos

nacionalista que la de Estados Unidos. Acaba la nación del Norte de dictar leyes tan rigurosas que llegan a aparecer prohibitivas, respecto a los industriales extranjeros. Desde los primeros años de su independencia, los Estados Unidos se trazaron una línea absoluta de proteccionismo industrial. México no hizo otro tanto en su primer siglo de vida libre, y el gobierno del general Díaz, quizá por alentar la inversión de capitales extraños, fue lejos en sus franquicias. Hay que pensar también que la riqueza del petróleo no venía aún y que en torno de ella gira la serie de incidentes ingratos y trágicos en parte que se han suscitado desde que los pozos petroleros fueron descubiertos. Las dificultades con Estados Unidos se hacen agudas desde el nacimiento de tal industria en México. Se han agravado, como es natural, por los antecedentes dolorosos del odio justo que la guerra de Texas dejó en la lacerada nación mexicana hacia aquel país que, tras de una lucha breve, se anexó un tercio de territorio en medio del silencio cobarde de los otros países y con la sencillez con que se anexan cien kilómetros cuadrados.

Este gobierno ha declarado ahora la nacionalización del subsuelo, en medio del escándalo de las compañías petroleras. Es cuestión vital para México, que hoy saca de esa industria casi todo el presupuesto nacional. Un pueblo tiene perfecto derecho a defender las cosas que han pasado a ser la fuente misma de su vida económica.

La mejor prueba de que estas leyes no son exageradas, es el hecho de que las compañías acaban de repartir dividendos enormes, casi fabulosos, entre sus accionistas. Una mayor prosperidad de estas empresas ya significaría la entrega de la riqueza mexicana y, por lo tanto, una ignorancia absoluta y torpe del criterio proteccionista que rige hoy en todos los países después de la gran guerra.

El Presidente habla sobre el conflicto de Estados Unidos y México, sin una palabra de odio, pero con gran sentido, no sólo de dignidad nacional, sino racial. Él ve claramente que el quebrantamiento de su país ante la acción económica de Estados Unidos, que ya se ha consumado en la América Central y en las Antillas, sería fatal para los países del sur. Esta actitud del gobierno mexicano no puede ser apreciada todavía en toda su significación; cuando los países hermanos puedan mirarla nítidamente, en años más, sabrán ser justicieros hacia México y corresponderán con juicios diferentes de los que hoy tienen, al fuerte y digno hermano.

El hispanoamericanismo del Presidente Obregón es sincero. Colaboran en su administración hombres de todos nuestros países y especialmente los de Centroamérica. Al hablar de hispanoamericanismo, el Presidente me va citando uno a uno los nombres de los propagandistas de significación que tiene esta campaña, con perfecto conocimiento de sus obras, desde Rodó a Manuel Ugarte y Blanco Fombona. El sentido práctico, que es obra de las características suyas, le descubre a la doctrina su calidad de fruto de larga madurez. Las dolorosas experiencias que México ha recibido luchando solo, están en él muy vivas, pero es éste un hombre de una inteligencia llena de nobleza, capaz de mirar hacia el futuro, saltando las marañas del presente.

En su vida privada, el Presidente Obregón es un hombre de claras virtudes morales, de sobriedad ejemplar. Vive con sencillez extrema, no en el castillo de Chapultepec propiamente dicho, sino en una casa anexa. Por el trabajo inmenso que significa la reconstrucción de un país de dilatadísimo territorio, y dirigiendo él la labor de cada una de las Secretarías de Estado, se ha eximido casi de la vida social. Pertenece a esas nobles gentes de provincia, de situación holgada, pero cuya sensatez las aleja de ostentaciones ridículas. Una revolución lo exaltó a la Primera Magistratura, sin que el salto desquiciara su austero criterio de la vida.

Nada place más que ver a un hombre de nuestra raza en el cual no se cumple aquello de enloquecimiento que dan las situaciones elevadas cuando se llega a ellas bruscamente; nada atrae más que observar la severa línea de sencillez que sigue rigiendo la vida de este antiguo propietario rural convertido en jefe de un país riquísimo.

Mi primera entrevista con el Presidente Obregón tuvo lugar hace ocho meses; pero yo he querido escribir mis impresiones sobre él después de orientarme un poco en la vida mexicana y oír diferentes apreciaciones sobre su gobierno.

Hoy puedo sintetizar así sus características de mandatario: energía revolucionaria; sensatez de organizador; lealtad hacia la democracia que fue su bandera y política hispanoamericanista de hombre fiel a su raza.

México, mayo de 1923.

SILUETA DE LA INDIA

La india mexicana tiene una silueta llena de gracia. Muchas veces es bella, pero de otra belleza que aquella que se ha hecho costumbre en nuestros ojos. Su carne, sin el sonrosado de las conchas, tiene la quemadura de la espiga bien laminada de sol. El ojo es de una dulzura ardiente; la mejilla de fino dibujo; la frente, mediana como ha de ser la frente femenina; los labios, ni inexpresivamente delgados ni espesos; el acento dulce y con dejo de pesadumbre: como si tuviese siempre una gota ancha de llanto en la hondura de la garganta. Rara vez es gruesa la india; delgada y ágil, va con el cántaro a la cabeza o contra el costado, o con el niño, pequeño como el cántaro, a la espalda. Como en su compañero, hay en el cuerpo de ella lo acendrado del órgano en una loma.

La línea sencilla y bíblica se la da el rebozo. Angosto, no le abulta el talle con gruesos pliegues, y baja como una agua tranquila por la espalda y las rodillas. Una desflecadura de agua le hace también a los extremos. El fleco, muy bello; por alarde de hermosura, es muy largo y está exquisitamente entretejido.

Casi siempre lo lleva de color azul y jaspeado de blanco: es como el más lindo huevecillo pintado que yo he visto. Otras veces está veteado con pequeñas rayas de color vivo.

La ciñe bien: se parece esa ceñidura a la que hace en torno del tallo grueso del plátano, la hoja nueva y grande, antes de desplegarse. Lo lleva a veces puesto desde la cabeza. No es la mantilla coqueta de muchos picos, que prende una mariposa oscura sobre los cabellos rubios de la mujer, ni es el mantón floreado, que se parece al tapiz espléndido de la tierra tropical; el rebozo se apega sobriamente a la cabeza.

Con el rebozo, la india ata sin dolor, lleva blandamente a su hijo a la espalda. Es la mujer antigua, no emancipada del hijo. Su rebozo lo envuelve como lo envolvió, dentro de su vientre, un tejido delgado y fuerte hecho con su sangre. Lo lleva al mercado del domingo. Mientras ella vocea, el niño juega con los frutos o las baratijas brillantes. Hace con él a cuestas, las jornadas más largas; quiere llevar siempre su carga dichosa. Ella no ha aprendido a liberarse todavía...

La falda es generalmente oscura. Sólo en algunas regiones, en la tierra caliente, tienen la coloración jubilosa de la jícara. Se derrama entonces la falda, cuando la levanta para caminar, en un abanico cegador...

Hay dos siluetas femeninas, que son formas de corolas: la silueta ancha, hecha por la falda de grandes pliegues y la blusa abullonada: es la forma de la rosa abierta; la otra se hace con la falta recta y la blusa simple: es la forma del jazmín, en que dominan el pecíolo largo. La india casi siempre tiene esta silueta afinada.

Camina y camina, de la sierra de Puebla o de la huerta de Uruapan hacia las ciudades; va con los pies desnudos, unos pies pequeños que no se han deformado con las marchas. (Para el azteca, el pie grande era signo de raza bárbara.)

Camina, cubierta bajo la lluvia y en el día despejado con las trenzas lozanas y oscuras en la luz, atadas en lo alto. A veces se hace, con lanas de color, un glorioso penacho de guacamaya.

Se detiene en medio del campo, y yo la miro. No es el ánfora: sus caderas son finas; es el vaso, un dorado vaso de Guadalajara con la rejilla bien lamida por la llama del horno, por su sol mexicano.

A su lado suele caminar el indio: la sombra del sombrero inmenso cae sobre el hombro de la mujer y la blancura de su traje es un relámpago de luz sobre el campo. Van silenciosos por el paisaje lleno de recogimiento; cruzan de tarde en tarde una palabra de la que recibo la dulzura sin comprender el sentido.

Habrían sido una raza gozosa: los puso Dios, como a la primera pareja humana, en un jardín: su país bellísimo. Pero cuatrocientos años esclavos les han desteñido la misma gloria de su sol y de sus frutas; les han hecho dura la arcilla de sus caminos, que es suave, sin embargo, como pulpas derramadas...

Y esa mujer que no han alabado los poetas, con su silueta asiática, ha de ser semejante a la Ruth moabita que también labraba y que tenía atezado el rostro de las mil siestas sobre la parva...

México, 30 de junio de 1923.

LAS JÍCARAS DE URUAPAN

Industria artística de la calabaza o mate

La jícara de Uruapan sigue siendo como la hija de don Vasco de Quiroga que trazó su primer diseño. Ha persistido en la ingenuidad de su dibujo y en la sencilla sabiduría de su procedimiento. Como material ella es la más ligera y fina laca que ha salido de mano de obrero: como belleza, en pocas cosas la materia vergonzante cobra tal donosura y transfiguración.

La calabaza, terrosa cual el surco, primero es pulida por el indio. Cuando ya la superficie ha aclarado el color, el obrero saca de un insecto cuyo secreto es sólo suyo, el tinte intenso con que la tiñe. Pintando el fondo, corta delicadamente la parte donde irán las incrustaciones y hace éstas con ojo tan certero, que resultan eternas. Se puede romper la jícara sin que se desprenda la guirnalda que la ciñe.

Los tintes que el indio da a la jícara son vivos. Pone en su creación los colores ardientes que pintan la tierra cálida, los mismos de su traje y su sarape... Son las gentes del trópico, que llevan vestidos casi luminosos, en que el color parece que canta.

Dominan en la jícara los fondos negros o verdes, sobre los cuales resalta el motivo ornamental generalmente en rojo, destacándose violento como el tigre azafranado en la pradera de hierba. El más hermoso fondo es sin duda el negro. Sobre él parece que las rosas sangran más, o que la guirnalda de hojas verdes se vuelve como húmeda de puro viva.

Sin saberlo, el artista indio sigue en su pobre jícara la norma espiritual de los artistas de la palabra en sus creaciones. Fondo negro de betún tienen las figuras escarlatas del Dante en el infierno; fondo negro también las siluetas en rojo de Dostoievski.

Así hay entre las artes más complejas y más humildes una correlación mística; así quedan por ella unidos, aunque no lo reconozcan, el artesano encorvado sobre su laca y el hombre que trabaja con la santidad de la palabra.

El hueco de la jícara está siempre teñido de rojo. Es otro

maravilloso acierto; en el interior, el pan o las frutas están como arreboladas por la sonrojadura ardiente.

La forma de la jícara varía mucho, desde el guaje alargado del que se hace una especie de bandeja elegante con forma de brazo, hasta la calabaza perfectamente redondeada, que es muy escasa. Cuando se la encuentra, se hace la jícara más bella. Pero el indio, forzando la calabaza con la humedad, suele corregir la forma imperfecta, y la vence: enmienda la parquedad que tiene la naturaleza para dar formas perfectas.

Partiendo del corriente plato ahuecado, ha ido lejos el indio: ha llegado a hacer la cajita, que es un estuche consumado, la relojera cuadrada y otros muchos y lindos caprichos.

Lo más notable de esta industria es la sencillez de los materiales y la proximidad a que los tiene el indio. Cualquier suelo le entrega el fruto, del que no hace sino volcar la pulpa seca, su entraña muerta; exprime el color de los insectos que suben y bajan de los árboles; un pequeño cuchillito ligero basta para las incrustaciones, y la palma endurecida ya, arranca el lustre por la frotación ardorosa.

No tiene esta industria la necesidad de la máquina, fea y pesada, llena de freno y piezas, que rinde el obrero con su exceso de fuerza. Por esto ha sido un trabajo de mujeres. Con el guaje en el regazo, como un hijo, en el corredor de su casa, o bajo el plátano familiar, hacen sencillamente, cantando a veces, como si ésa fuera también una maternidad, su labor; y ni siquiera saben que ella es maravillosa.

Y la materia es noble, porque puede perdurar. El calor del sol no la resquebraja; la humedad no la pudre, aunque la ablande un poco. Y qué intimidad tierna tiene esta jícara no doblada por garfios ni hierros, hecha con la pura presión viva de una mano de mujer.

Hace años, cuando el dibujo era todavía una cosa pedante por el exceso presuntuoso de exactitud, por el necio detalle, debieron parecer descuidadas estas figuras ingenuas de hojas, de flores, de venados, que el indio trazaba en la mejilla de la jícara. Pero el concepto del dibujo ha cambiado, ha vuelto al primitivismo inocente y dichoso, y la decoración del indio en el costado de la jícara resulta ahora una labor perfecta, que podría ser llevada a los grandes mercados del mundo.

De los griegos se ha dicho que redujeron su industria a pocos objetos, que sólo hacían vasos, telas y flautas. Otro tanto puede decirse del indio mexicano: en el ánfora de Guadalajara da la figura central y noble de la mesa; en las telas de Toluca y de Puebla entrega a las mujeres sus trajes de tonos vibrantes, y en los violines y en las guitarras de Pátzcuaro da la materia sensible, propicia para entregar el divino temblor musical.

El Mercurio, 30 de septiembre de 1923.

LA FIESTA DEL ÁRBOL. LAS COLONIAS RURALES. UNA PLAZA DE JUEGOS PARA NIÑOS

Vamos a hacer plantaciones de árboles en una colonia semirural.

El árbol no ha de ser solamente a bajorrelieve de la montaña ni el perfume secreto de la soledad: ha de ser la verde decoración de la casa del hombre, el amparo de su dicha.

En cada lugar donde, para que se extienda amplia la casa, se tala el bosque, se destruye el equilibrio misterioso de la naturaleza y se traiciona la voluntad divina, que puso a la primera pareja humana en un jardín. Y cuando ese equilibrio sagrado se rompe, cuando del reino vegetal absoluto que era el bosque se pasa al reino absoluto del hombre que es la ciudad, la "voluntad escondida" nos castiga, haciendo que degeneremos lentamente. Entonces acomete a los hombres la fiebre. No recibe la exhalación de los surcos y sus fuerzas menguan; su visión de la existencia se pervierte, y en vez de la felicidad busca el placer. Las delicadezas, los matices temblorosos del espíritu, se hunden en nosotros. Puede decirse que empieza el materialismo plebeyo de la época con la pérdida de la emoción cotidiana del paisaje. Comienza una segunda barbarie, más tremenda cuanto más se disimula bajo la máscara de una civilización.

Vi a mi paso por Panamá algo que yo había soñado muchas veces: lo que sería la ciudad ideal.

En el sitio elegido para hacer el Panamá norteamericano, había vegetación espléndida. Se hicieron solamente claros en el bosque para las casas; se trazó una red de caminos rurales, y aquello fue una población, sin haber dejado de ser el campo. Se respetaron las palmeras magníficas, los cedros espesos, los luminosos bananeros. Los civilizadores —aquí la palabra es verdadera—, en vez de desposeer a la vegetación, sólo le pidieron su amparo para alzar sus casas.

Afortunadamente, empieza a nacer en nosotros un nuevo sentido de la vida. No es la vuelta a la Naturaleza que quería Rousseau, violenta y absurda; es una especie de transacción entre la vida moderna y la vida antigua. Con todo el refinamiento contemporáneo, queremos plantar la casa en el campo, gozar como el primitivo el aura de la tierra, sin desprendernos de las ventajas que nos ha dado la época, como son la facilidad en el trabajo y la comunicación rápida entre los hombres. Y éste es el acuerdo, que nunca debió quebrantarse, la alianza que Dios quiere entre las criaturas.

Los hombres hemos mirado con exceso este mundo como campo de explotación. Fuimos puestos en la Naturaleza no sólo para aprovecharla, sino para contemplarla y velar por ella con amor. Somos la conciencia en medio de la Tierra, y esa conciencia pide la conservación matizada con el aprovechamiento, la ternura mezclada con el servicio.

Yo deseo que la ciudad futura sea solamente el conjunto de los palacios levantados para el comercio, la masa de las fábricas, el agrupamiento necesario de las oficinas públicas. Las casas de los hombres, que queden lejos de esa mancha de humo y de ese vértigo de agio. Así, el rico y el obrero tendrán, al caer la tarde, sobre sus espíritus, la misericordia del descanso verdadero y el ofrecimiento suave del paisaje. Así, ellos poseerán los dos hemisferios de la vida que hacen al hombre completo: la diaria acción y el recogimiento.

Pero sobre todo, yo deseo que desaparezca el tipo de nuestras ciudades por una cosa: por la infancia, que se desarrolla monstruosamente en las poblaciones fabriles. El niño debe crecer en el campo; su imaginación se anula o se hace morbosa si no tiene, como primer alimento, la tierra verde, el horizonte límpido, la perspectiva de montañas. El niño criado en el campo entra en la ciudad con un capital de salud; lleva todas sus facultades vivas y ricas, y posee dos virtudes profundas, que son las del campesino en todo el mundo: la fuerza y la serenidad, que emanan de la tierra y del mar.

Yo soy uno de los inadaptados de la urbe, uno de los que han transigido sólo parcialmente con la tiranía de su tiempo. Mi trabajo está siempre en las ciudades; pero la tarde me lleva a mi casa rural. Llevo a mi escuela al otro día un pensamiento y una emoción llenos de la frescura y la espontaneidad del campo. Se me disminuye o se me envenena la vida del espíritu cuando quebranto el pacto.

Plantaremos hoy los árboles que no hemos de gozar, que no sombrearán para nuestro reposo. Somos generosos: damos a los que vendrán lo que no recibimos. Los grandes pueblos se hacen con estas generosidades de una generación hacia la siguiente. Las instituciones, la legislación, todo lo que se hace para beneficio de los que vienen, son también plantaciones de bosques, cuyas resinas no serán fragancia que aroma nuestra dicha.

En alguna región del desierto africano, los beduinos tienen una especie de ley religiosa. El que pasa por una fuente, si la halla envenenada por la corrupción, ha de vaciarla, para que la caravana que sigue la encuentre colmada y vital. Ellos continúan caminando con la sed que no pudieron aplacar; pero se ha asegurado el sorbo de agua clara de los que vienen y que no deben perecer...

Nosotros somos también purificadores de todas las fuentes corrompidas que nos dejaron otros, no por maldad, sino por indolencia.

Si hay un acto religioso es éste. Religioso es todo lo que significa una acción que salta sobre el presente como una flecha hacia el porvenir más lejano. Religioso es el acto de fe que llama a las fuerzas de la vida, porque este llamado es una invocación a lo divino. Hundimos una pequeña raíz en el suelo, e invocamos a las energías invisibles del agua, del aire y de la luz, para que cooperen. Es una plegaria al Dios creador, que continúa el acto humilde que nosotros realizamos. Dejamos erguido un tallo débil y cinco hojitas temblorosas, y la Gracia comienza a trabajar en este mismo instante. La Gracia desciende sobre toda criatura apenas enderezada sobre el surco. Los naturalistas llamarán defensas de la vida a la pequeña lucha maravillosa de estos retoños con los insectos y la sequía; yo prefiero llamarlo La Gracia.

El pueblo que es el vidente mayor, ha creado advocaciones agrícolas para sus dioses y sus patronos. Hay un Señor de la Lluvia, uno de las Simientes, una Virgen de las Nieves y un Isidro Labrador, en el periodo cristiano, como hubo en el paganismo una Deméter y una Perséfone.

Hagamos esta ceremonia con emoción religiosa, para que no tenga la fealdad de un acto puramente utilitario, es decir, de una actividad de esclavos. Sintamos la presencia misteriosa de los espíritus sutiles de la tierra, del aire y del calor, y estos espíritus, que danzan en torno de nosotros, felices de que les demos pretexto para expresarse en la belleza del bosque futuro, nos sean propicios y nos pongan en las manos, al cubrir las raíces, un sagrado estremecimiento.

Delicadísima es la ofrenda que San Ángel ha querido hacerme: me regala un pedazo de tierra verde, que será en cada primavera una mancha gozosa de flores.

Mi nombre, que por sí mismo no significa sino un poco de cansancio —de vida declinante— va a ser por primera vez símbolo de alegría y de salud. Con él se designará un lugar de juegos para niños. Me confundiré un poco con la naturaleza, con el agua y con el calor del sol. Yo misma comentando esa transfiguración ingenua, me siento dichosa...

Aquí, a dos pasos de esta glorieta, he vivido más de un año, México será para mí, cuando esté ausente, más que el bosque de Chapultepec y que las torres severas de la gran Catedral, este pedazo de tierra, dorado de hierbas en el otoño, donde yo tuve la revelación del paisaje mexicano.

Desde aquí he gozado, mirada a mirada, la línea casta del Iztaccíhuatl y el horizonte inmenso, llenos de sugestiones para el recogimiento. Me eligió una compañera cariñosa este remanso para mi reposo y mi libación tranquila del paisaje.

Sepan los que me hacen este don, que lo comprendo y lo agradezco, y que lo mereceré sólo por la ternura con que lo recibo.

México, 17 de febrero de 1924.

LA REFORMA EDUCACIONAL DE MÉXICO

La obra de una mujer

Las misiones rurales son el éxito más evidente de la obra de Vasconcelos y lo más sabio de su organización. Las dirigía una mujer, tipo mixto de educadora y *leader* social, la señorita Elena Torres. Exenta de pedantería pedagógica; pronta, por honradez, a rectificarse; activa como una misionera; llena de sentido contemporáneo; tal, esta mujer mexicana.

¡Curiosa composición de misiones! Los profesores son una parte solamente: la faena educativa es un trabajo humano amplio, que debe abrirse a los hombres de las diversas actividades. Como una sala cerrada, el problema educacional se ha viciado de *puro especialismo*, de contar con los hombres unilaterales de un solo oficio. Vasconcelos habló muchas veces del "envenenamiento pedagógico" de la debilidad que comienza en el organismo nutrido por el alimento único...

Son, pues, las misiones de una hermosa heterogeneidad: la Directora, una enfermera, tres maestros primarios, cuatro carpinteros, algunos albañiles, un agrónomo, una modista, una profesora de economía doméstica, el especialista de una pequeña industria.

Hacia la sierra

Sale la misión de la capital, en grandes camiones llenos de libros, de herramientas agrícolas, de semillas. Dejan atrás la meseta de Anáhuac, esa suave perfección geográfica, donde la vida es bondadosa; van adentrándose lentamente, pasan pequeñas ciudades, divulgando "la buena nueva"; siguen por caminos todavía civiles, hasta entrar en la sierra, ceñida de bosque, y detenerse en la aldea que se ha escogido.

Los naturales ven llegar con curiosidad, pero sin asombro, la comitiva extraordinaria. Saben que su país se está rehaciendo y tiene la agitación de una fragua que ahora calienta a la Patria desde el centro hasta las extremidades. Después de los años *porfirianos*,[1] en los que el indio dio su tributo, silenciosa e irónicamente, sin preguntar nada, se han trastrocado los valores, se ha hecho una volteadura total de ellos. El gobierno legisla para el campo, y ha empezado algo así como la vivificación de la sierra, que se incorpora a la nación viva. Comitivas de ingenieros, que hormiguean por los campos, trazando la red de caminos; dirigentes agrarios que van de aldea en aldea, dando conferencias agrícolas; Vasconcelos y De Negri, llegando a explicar a la indiada la política educacional y agraria.

El indio

El indio, que ha tenido siempre dignidad humana, aunque ella no le fuese reconocida en cien años, ha adquirido ahora la conciencia de su fuerza nacional. ¡Cuán fácilmente se despierta el fondo de excelencia del hombre azteca, que tiene raza, cuatro mil años de cultura asiática! No hay que crearle como a otros indios americanos la sensibilidad, ni la altivez del hombre libre, ni el sentido del trabajo manual, ni el de la cooperación. Artistas han sido siempre, como el hombre del extremo Oriente; como el pueblo de Moisés, vivieron un comunismo religioso, y saben compartir la tribulación y la alegría. Acaso la cultura no sea sino estas dos cosas: la sensibilidad, fuente de la piedad humana, y la capacidad de organización; ellos la tuvieron siempre.

Se reúnen los indios, rodean a la misión y van a informarse de lo que viene a hacer entre ellos. Yo no olvidaré nunca esos verdaderos parlamentos al aire libre, en una plaza medio española, o sencillamente sobre un camino. Llegan sin tropel: no hay raza más libre que ésta de la grosería del tumulto. Se sientan en esteras, como los japoneses, a conversar; hacen sus quejas burlonas y delicadas sobre el abandono en que los ha tenido el centro. Dicen sus necesidades: caminos, tierra, herramientas, buena justicia rural y maestros que los comprendan; nada más.

Después van expresando la ayuda que pueden proporcionar: ofrecen una o dos horas de trabajo colectivo gratuito. Ellos,

---

[1] Período presidencial de don Porfirio Díaz.

previo trazado del ingeniero, hacen las carreteras, como levantaron durante la Colonia sus iglesias.

Yo estoy viendo, mientras escribo, el grupo oriental que se destaca contra la montaña, vestidos blancos, grandes sombreros que alcanzaban a darme sombra... Los que no hablan español, buscan al intérprete. Conversan de igual a igual, con el ministro de Agricultura, como con la maestra de escuela extranjera: ¡tienen cuatro mil años para ser dignos!

Sencilla exposición

La Directora de la misión les resumía más o menos así el plan, sin discurso de tabladillo:

—Venimos a construirles una escuela. Traemos el fierro y la madera. Ustedes nos darán los ladrillos y dos horas diarias de trabajo. Mientras la escuela se levanta, aprenderán ustedes a leer, plantando los árboles o en una capacitada escuela, va a tener una o dos cuadras de tierras fiscales. Haremos el huerto frutal, de donde ustedes sacarán después las especies nuevas para poblar la región. Las mujeres cultivarán con nosotros la hortaliza y el jardín escolar. Cada domingo almorzaremos en una mesa común. Tienen durante tres meses una enfermera para que les dé prácticas de salud; quedará un botiquín en su escuela. Los que quieran aprender otro oficio, ayudarán a ir haciendo el taller de zapatería o de jalones. En la tarde de los sábados les haremos la lectura comentada; hemos traído una biblioteca formada de obras sencillas.

Los indios interrumpen cortésmente, ofreciendo ayuda. Señalan a los buenos carpinteros que tienen; explican qué árboles desean adquirir; ofrecen maíz y verduras para la comida en comunidad; dan ideas inesperadamente valiosas; dejan caer de pronto una broma. Hay en el grupo la jovialidad india, a la que debo mi alegría nueva. Se presentan unos a los otros: el que sabe algo de medicina natural, el que puede hacer de "monitor", el buen cantero.

Nada de largos preparativos; las empresas de Vasconcelos llevan un imperativo de rapidez, que aviva el ritmo más lento.

Se cortan los adobes o se hace la construcción de paredones. Los indios cantan trabajando, y cuando menos se piensa se está cantando con ellos; hemos entrado en su gozo. Tienen, por excelencia, el don del trabajo dichoso; no aceptan una jornada demasiado larga, que los agote, ni tampoco la faena silenciosa de peones egipcios de las Pirámides...

Oyéndolos hablar, mientras trabajan, sabemos cómo viven, qué problemas tienen y hasta las penas amorosas en que andan...

A los tres días, yo bromeaba con ellos, que en el comienzo recelaban un poco de mi rostro de cariátide.

A veces se hacía la escuela en dos semanas. Cuando la techumbre empezaba a cubrir las murallas, la misión tenía su fiesta: un banquete de frutas, la comida india de puras combinaciones con el viejo maíz sagrado, todas las canciones de la comarca y el derramamiento de color vívido en las faldas y los pañuelos de las mujeres.

¡Mi México! El único que está en el corazón; mis indios de palabra sobria y donosa; mis niños de largo ojo oscuro, que me corregían la pronunciación de una palabra azteca; mis mujeres de piel dorada y habla dulcísima; ¡qué decoración antigua, contra la mole blanca del Popocatépetl, la de su vieja danza española, bailada con el cuerpo de la reina Xóchitl!

Paralela con la faena de los albañiles, la de los hortelanos. Tierra enorme: cabe la América en ese dorado cuerno de México, que hasta en el dibujo geográfico tiene la gracia; suelo domado por cuatro mil años de cultivo y pintado de color por las gredas más hermosas del mundo.

Colaboración de Ministerios

El Ministerio de Agricultura colabora, como es lógico que se haga en todas partes, con el Educativo, para la civilización rural de México. Me parece que esta unión daba más sentido humano a las misiones escolares; igual impresión me daba la alianza del Ministerio del Trabajo.

Andaba la enfermera de visita por las casas; a la vez que regalaba una medicina, daba prácticas sencillas de higiene. Mujer venida de la ciudad, se asombró de que los indios se bañen mucho más que las señoras de la capital.

En las mañanas las orillas del río blanquean de ropa, y viene una gritería gozosa de nadadores "que repechan el agua jadeando". La enfermera tiene que respetar muchísimos nombres aztecas de hierbas maravillosas, lo mismo que los de sus sales, y volverá con una química más viva a la capital...

El cuerpo azteca y maya

Con un médico y con el pintor Montenegro, conversábamos del cuerpo indio, delgado y fuerte como la varilla del sauce.

—Caminan —me decían—, tal vez sean el hombre que más camina en la tierra, y la marcha les ha dado esta gracia. Miran como un espectáculo grotesco a los grasos funcionarios que suben a duras penas un repecho a caballo. ¡Cómo se ha olvidado el género humano de caminar, Gabriela! La cara cansada con un surco a cada lado de la boca, que es la de otros indios americanos (y la misma española de usted), no aparece entre estas gentes. Aceptan el trabajo manual, sin el exceso bárbaro de un obrero yanqui. El dolor morboso no lo conocen, en medio de la fiesta que son su mañana y su mediodía, respirando el bosque de vainilla y el manglar. Para dibujar una teoría humana, de friso antiguo, yo me pongo en un camino al atardecer.

—Son el oriente —les digo—, pero un oriente sin el opio y sin la servidumbre del Mandarín. Son hombres libres que gozan de la vida como de una Navidad permanente, en una tierra sin fango y sin aridez. Yo les veo conservar lo mejor de las razas viejas, dentro de una frescura de infancia. Nacer en la meseta de Anáhuac es una gracia de Dios, equivalente a nacer en una colina de Fiésole. Venir de la meseta de Castilla, ya es traer una apretadura de greda dolorosa en el corazón heroico, pero duro.

Transformación de normalistas

Se arrancaba a los maestros de la limitación pedagógica, la mayor de las limitaciones humanas, para volverles la cara hacia la tierra y sus materiales creadores. Veía transformarse en otra cosa más profunda a los jóvenes de las Normales, en eso que para mí es el cabal tipo humano: un puente que baja desde el *conocedor* al artesano.

Soltura nueva adquirirían los brazos caídos de los bancos de escuela, injertando un naranjo. La química con que se había jugado escribiendo una fórmula sobre el pizarrón escolar, era la cosa viva que hervía en los jabones. El motivo de decoración, hecho con pereza sobre un caballete, adquiría sentido, apareciendo en la estera de juncia, que tejía un niño indio.

¡A agrarizar con los manuales de divulgación y con los azadones, y a industrializar sobre los bancos de la carpintería, que no se industrializa de otro modo!

Vida común

El huerto escolar no alcanza a verlo la misión, con sus cuadros plateados de olivos y con la donosura de los duraznos floridos.

Pero la hortaliza sí, y las últimas comidas dominicales han sido de coles y lechugas propias. Mientras al costado se iban gritando ya con cierta soltura, las lecciones del silabario, crecían las habas... Y era una de las formas simpáticas de la vanidad, la de ir contando, mientras se comía, a qué mano era deudor el vecino del buen plato de arvejas... (Más simpática que la de ufanarse por una prueba de geografía saqueada del noble Reclus.)

Haciendo una civilización rural

La misión va a seguir hacia la aldea próxima. Deja detrás de ella, como los misioneros colonizadores que mandó España, creado moralmente un pueblo. No hemos hecho cosa semejante los educadores en toda la América. Queda una indiada dirigiendo una Cooperativa Agrícola, leyendo los cuentos de Tolstoy y las parábolas del Evangelio en la tarde lenta del Anáhuac; las mujeres cosen sus vestidos en las máquinas de la escuela, dotada para la comunidad; las plantas de otras zonas se han transportado como en una fábula al huerto doméstico.

Es la segunda fundación de México; se vuelve a vivir un tiempo épico y los que tienen la conciencia del momento trabajan como los héroes civilizadores de la mitología; como Hércules y como Eneas. La pulsación más vigorosa del Continente en esta hora es la de México. La ha escuchado con su oído fino ese gran atento de la época que es Romain Rolland.

Todo hombre americano que tiene el sentido de la honra española se siente deudor a esta faena. Existe un verdadero desafío entre las dos culturas del Continente; los regionalistas, satisfechos de su parcela próspera, no saben que la honra común española juega su última suerte en aquella frontera de la raza. Los que hemos visto hablamos con este tono que, no es de profetismo romántico, sino de ansiedad.

Chile

La civilización rural que verifica México, está por hacerse en nuestros países. Tenemos una vanidosa cultura urbana, es decir, hemos civilizado a una quinta parte de nuestra población. Olvidamos el analfabetismo campesino y las tierras baldías. El suelo abandonado es una expresión de barbarie; el campo verde revela mejor que una literatura a los pueblos.

Santiago, marzo de 1925.

UN HOMBRE DE MÉXICO: ALFONSO REYES

¡Desconcertante Alfonso Reyes, hombre salido de nuestra América y en el cual no están los defectos del hombre de nuestros valles: la vehemencia, la intolerancia, la cutura unilateral! Al revés de eso, una cordialidad fabulosa hacia los hombres y las cosas, especie de amistad amorosa del mundo; paralelo con el amor de las criaturas, una riqueza de conocimiento del cual vive ese amor.

El ojo es el documento... La caricatura da la gordura de Reyes, la pipa de Reyes, la sonrisa de Reyes. Deja lo principal el ojo húmedo de simpatía que no olvidará nunca quien lo haya visto.

La conversación, una fiesta. ¿Qué fiesta? La del paisaje de Anáhuac que él ha reproducido en una prosa de esmalte: la luz aguda, el aire delgado, las formas vegetales heráldicas. Solidez y finura; antipatía, siempre presente, del exceso. Y la bondad, la bondad circulando por los motivos, suavizando aristas de juicios rotundos. Bondad sin los azúcares de la cortesanía y sin penacho retórico, también como de sangre que corre escondida, pero que se siente, tibia y presente.

Pero no sólo la charla coloreada, que el buen americano tiene siempre, sino otras cosas, además: la gravidez del pensamiento en cada rama fina de la frase. Una vida interior que se revela a cada paso, sin que él —que también es un pudoroso de su excelencia interior— lo busque. Detrás de la sonrisa se le descubre la tortura, que podemos llamar unamunesca, del hombre que la introspección sangra cotidianamente. Yo suelo recordar, oyéndolo, "la camisa de mil puntas cruentas" que dijo Rubén. Algo mejor que el ojo goloso de formas del americano. Escardador de su "carne espiritual", entera se la conoce; como él ha palpado el contorno de su naranja de Tabasco, así palpa los contornos de su espíritu.

Mucho enriquecimiento le ha venido de los tres contactos mayores que se ha dado a sí mismo: el inglés, el español y el francés. Cavando en uno solo de esos suelos, por mucha suerte que tuviese en la cava, se le hubiesen quedado perdidos muchos hallazgos. Harto bien le allegaron su Chesterton —que tradujo— su Mallarmé, cuyo ascetismo de belleza admira, su Góngora amado.

Y sube, sin brinco ambicioso. la *Ifigenia cruel* es lo mejor suyo, aunque tras ella esté la estupenda *Visión de Anáhuac*. Esta *Ifigenia* andará poco zarandeada en muchos comentarios, que es agua de hondura inefable, y quienes no bajaron con él a la cisterna negra no sabrán gozarla.

Y el divulgador que divulga con fácil donosura —una especie de profesor a lo Renan, lo suyo—, la historia de México, la flora de México, la revolución de México. Tendría para lo didáctico, si quisiera ejercerlo, el juicio agudo y la expresión bella. ¡Cómo le envidiaría un geógrafo la descripción de la meseta de Anáhuac! Tiene la disertación suya una ceñidura sobria que le da toda la autoridad de lo docente; y para alejarle la antipatía de lo docente, ahí está la gracia, presente.

¡Y vaya que le sirve a un diplomático el saber decir bien lo suyo en un medio de agudas exigencias mentales, y de dar, deleitando, la historia de su país en una conferencia de la Sorbona!

Se recuerda la vieja disputa: ¿es mejor que un pueblo dé conjuntos estimables —Suiza, Estados Unidos— o que dé, como una tela preciosa y breve, unos cuantos individuos selectos? México en el pasado ha sido individualista, y se defiende con unos cuantos hombres, aplastando el reparo de que su conjunto humano no es homogéneo: un Nervo, un Vasconcelos, un Alfonso Reyes, un Caso. ¡Y aquella extraordinaria Sor Juana!

¡Qué hermosa planta americana, más cafeto que plátano, cafeto de menudo grano acendrado!

Edwards Bello me decía:

—Es el mejor diplomático hispanoamericano.

Y yo:

—Si pudiera ser eso: un ministro de México y de la América del Sur además...

París, febrero de 1926.

UN POETA NUEVO DE AMÉRICA:
CARLOS PELLICER CÁMARA

Una adolescencia como de hijo de Plutarco, sombreada por grandes ejemplos. Una juventud sin alcohol y sin tabacos, casi vivida en la palestra. Limpio pulmón para el canto, boca firme para el canto y la curtidura del buen sol azteca en la cara.

Cada día la pasión de lo heroico alimentándose de carne del pasado y del presente. Dijo: "padre" a Bolívar a los veinte años, y tanto le pidió confortación que un día le ha aparecido en su propio suelo "padre" vivo que lo acompañe y lo reconforte en Vasconcelos.

Amando mucho a Darío y volviendo la cara atenta a cada estrofa grande de este tiempo, su pasión verdadera, sin embargo, se detiene en los héroes y con ellos se queda. No me sé yo mejor el Padrenuestro de lo que él se sabe sus biografías americanas.

El venezolano mayor le ha lavado el corazón de nacionalismos y le ha dado su pasión de la América toda. Como se sabe las anécdotas, las cabalgatas y las penas de Bolívar, se sabe la tierra nuestra y podría caminarla hasta la Patagonia, solo, en un buen caballo pampero.

En su biblioteca Europa cuenta poco y el Asia menos; pero es difícil que le falten las canciones mayas o colombianas del pueblo, su Humboldt, su catecismo yucateco y su Horacio Quiroga.

Tanto miró hacia el Sur con deseo del estuario del Plata y de la Cordillera que, con suerte de Aladino, se ha encontrado caminando despierto todo lo que caminó dormido y ya conoce su Colombia y su Iguazú y su montaña chilena.

Pero esta religión de lo heroico lo hubiese ensombrecido de gravedad prematura, si la adolescencia no se desquitara en él con juegos repentinos, gracias a los cuales la frente no se le madura de entrecejo. Con dos tercios del alma anda por los caminos de piedra de la Historia; con el otro salta sobre el árbol grotesco del estridentismo a cortar sus manzanas geométricas, sus flores cuadradas; así ha guardado su contento.

No quiere aceptar las fealdades de la raza; de tanto andar

por la tierra pintada del trópico, la América, que más parece una pitahaya magullada, es para él la jícara de Uruapan. Le sobra ímpetu para dar el salto de doscientos años y ver el continente limpio y salvo, vuelto la tierra más bendita del mundo. Algunas quejas suyas sobre las miserias americanas andan por ahí en sus libros; no son serias: lo verdadero es su optimismo, de puro generoso, desenfrenado.

La Gracia entró en su casa y su madre debió hallarla alguna vez sentada a su cabecera. Es ella quien le pone en la mano dormida las más bellas metáforas. Tiene el ritmo cuando lo quiere y acepta la rima tardíamente; pero a la metáfora magnífica anda abrazado como a una novia.

Como lo más legítimo en él es, bajo apariencias burlonas, la nuez roja de lo trascendente, aquí pongo sus estrofas graves mejor que sus juegos.

ESTROFA AL VIENTO DEL OTOÑO

Oh viento del otoño, tus alas regocijan
las danzas pastorales, y en tu caudal paseo
mueves dulces señales en la flor de la espiga.
Maravilloso viento del otoño!
Tu espíritu sacude los huertos coronados de frutas
y tu sutil presencia aligera los gajos henchidos.
Pera de plata, manzana pintada o despintada,
higo como el crepúsculo, dulcísimo y sombrío.
Tu brazo y tu ala estremecen los árboles
y se oye el ruido oscuro de los frutos que caen.
Oh viento del otoño, maravilloso viento
del otoño!
Acaricias los anchos trigales de la dulce Argentina
y haces rodar las últimas piedras bajo los Andes
y en mis ojos levantas una nueva alegría.
Alza la voluntad de los hombres de América,
abre los corazones de los hombres de América,
madura sus almas todavía tan amargas,
ahoga en tus telas de oro a la esperanza
fatal a los hombres de América.
Dales la fe superior al Destino
y la virtud mágica de tu sutil presencia.
Sacúdelos como a los árboles a tu paso divino.

Oh viento del otoño,
maravilloso viento del otoño!

SEGADOR

El segador, con pausas de música
segaba la tarde.
Su hoz es tan fina,
que siega las dulces espigas y siega la tarde.

Segador que en dorados niveles camina
con su ruido afilado,
derrotando las finas alturas de oro
echa abajo también el ocaso.

Segaba las claras espigas.
Su pausa era música.
Su sombra alargaba la tarde.
En los ojos traía un lucero
que a veces
brincaba por todo el paisaje.

La hoz afilada tan fino
segaba lo mismo
la espiga que el último sol de la tarde.

SEMBRADOR

El sembrador sembró la aurora;
su brazo abarcaba el mar.
En su mirada las montañas
podían entrar.

La tierra pautada de surcos
oía los granos caer.
De aquel ritmo sencillo y profundo
melódicamente los árboles pusieron su danza a mecer.

Sembrador silencioso:
el sol ha crecido por tus mágicas manos.
El campo ha escogido otro tono
y el cielo ha volado más alto.

Sembraba la tierra.
Su paso era bello: ni corto ni largo.
En sus ojos cabían los montes
y todo el paisaje en sus brazos.

A José Vasconcelos

Suele aparecer en el Continente enloquecido de contrastes, un mozo como éste, de limpios pulmones, de aliento entero, magnífico galopador del verso, genuino mozo de América sin becquerianas y sin ajenjos.

Nació en el trópico y en región de lindas mariposas; se le ha quedado esa encandiladura de los ojos que lo hará andar triste toda su vida por el *boulevard* de París. Sus sentidos fieles andan preguntando por la luz a cada cosa con que se encuentran, como por una madre. Para vengarse de cuanto se le queda sordo bajo este cielo pesado, él se encerrará en su cuarto de París a poner metáforas azafranadas y rojas en las hojas de un cuaderno.

PRIMERAS LUCHAS DE VASCONCELOS

Decir el Hombre-Sarmiento en América es casi dar una fórmula que equivaldría a lo siguiente: autodidactismo, fuerza fogosa de creación y capacidad de ordenación en frío; odio de la barbarie y combate cerrado con ella, y, ganado el combate, la despedida de la violencia y una cordialidad ciudadana para edificar lo nuevo con todas las voluntades.

Este Hombre-Sarmiento, que parecía sin reproducción en la América nuestra, por la dificultad de volver a juntar los opuestos que tan curiosamente lo formaron a él: este secreto de una naturaleza a la vez instintiva e intelectual, que es lo que algunos llaman "el hijo de Prometeo", parecía perdido entre nosotros, traspapelado, digamos, entre la papelería menuda de expedientes y estadísticas que es la burocracia venida con la promoción republicana.

Nuestros mineros hablan de derroteros fabulosos, de tesoros que se pierden cien años como tragados de la tierra, y que un buen día saltan de donde menos se pensaba, intactos e igualmente válidos. Los paracelsianos dicen otro tanto de algunas recetas mágicas que un geniecito mañoso esconde un tiempo largo y que, de pronto, se resuelve a restituir, golpeado de la piedad, por la falta que nos hacen.

El Hombre-Sarmiento parecía perdido como ese derrotero y esa receta química, entre pedagogías menudas y hasta pulverizadas por falta de columna vertebral: mucha información moderna sobre el niño y ningún mortero bueno para hacer un buen bloque con esa polvareda.

Al aparecer Vasconcelos, el mexicano, nos hemos acordado de Sarmiento; al acercarnos a ver bien el "documento", el parecido se acentuaba más, y hemos acabado por dar los papeles del derrotero como recuperados y el tesoro como vecino de las manos.

Algunas facciones mudadas trae Vasconcelos, al cabo como quien aparece 50 paralelos más arriba, y varias desventajas para cumplir su encargo. Tumbado el "centauro Rosas", que él decía, no le brotaron en la Argentina otros, y Sarmiento pudo ponerse a construir tranquilo, ayudado de la Nación, en la que el rosismo no era un temperamento: Vasconcelos trabajó su buena jornada educacional como en todo trópico se trabaja, hostigado por los tábanos que irritan y distraen. Las ventajas que nos trae Vasconcelos sobre Sarmiento serían las de bastarse en la obra con la cultura española y la autóctona de su país, de mostrar en ella un mínimum de esas influencias extrañas, francesa e inglesa, que Sarmiento aceptó a manos llenas, a causa de su antiespañolismo, y a causa también de que el indio del Sur no nos dejó herencia que defender ni guardar. Más castizo Vasconcelos, y a ratos con algunos reventones de originalidad que se le suelen pasar de mano.

La biografía de Vasconcelos se vuelve una especie de larga anécdota, de noticia fatigosa de la Revolución Mexicana. Él ha atado voluntariamente su vida a ella como un Mazzepa a su potro de tortura, y el cronista no halla manera de contarlo a él sin contarla de paso a ella, asunto espinoso y desagradable. Pero él está bien contento de tener su biografía accidentada como la Sierra Madre, él que en las "Vidas" de Plutarco rebanó la mitad, por ser vidas burguesas, de gente sentada, y se quedó con las zarandeadas o, siquiera, "movidas".

Afuera de la guerra civil, sin contaminación con la violencia heroica, no le queda sino el cuadrito de la infancia y de la adolescencia; y él es un curioso hombre que habla del niño como una bonita carne que no vale la pena sino cuando empieza a pensar en orden. Por este desdén suyo de la edad pueril, no cuenta sucedidos suyos de la infancia, ni le importa que se los cuenten, y esta ignorancia de su comienzo nos duele a los que, al revés de él, creemos que el niño se trae ya toditos los ángulos del hombre y el dibujo completo de sus venas, y que lo demás es puro crecimiento, descuidado o vigilado, apuntalado o suelto.

Él nace en Oaxaca, lo mismo que Juárez y que Díaz. Curioso destino de ciudad haber dado al país sus hombres fundamentales, los tres creadores y destructores a su manera; añadir al triángulo oaxaqueño un breve complemento, y se tiene la historia moderna de México.

Juárez es el hueso de la nacionalidad, seco y duro para salir bien —como salió— del peor trance; Díaz es el orden autoritario, con mucha mira de la conservación del cuerpo nacional, y como si dijéramos la carne de éste; Vasconcelos es la democracia inspirada y moderna, un poco mesiánica y un poco de año 2000, y los mozos lo ven parecido a la lengua de fuego de la Pentecostés, sobre el bulto del país.

La ciudad de Oaxaca fue fundada en un valle del que todos tendríamos justa noticia si la América se conociese lo mejor de ella misma, lo único indudable de ella, que es su geografía maravillosa.

Valle más perfecto no puede darse: una lonja bastante generosa, si bien menos largo que el valle del Magdalena, de más clemencia en el clima que éste, y con una regularidad, una facilidad del relieve, un desahogo, que equivalen en la geografía, a lo que en la literatura se llama una página clásica. Tierra cálida, sin ser, todavía, el bochorno tropical; capacidad de la caña, del algodón y de la piña, en algunos trechos; en otros, esa semiaridez donde el suelo muestra todavía hueso, antes de perderlo en la tierra caliente donde se pisará una cosa blanda como entraña que llega a no parecer suelo. La luz, a causa de la sequedad del aire, es de un absoluto teológico; el indio primero, y el español después, supieron muy bien en qué regodeo de luz ponían masas de templos, y sembraron de ellos la meseta, como si esa luz fuese una incitación fuerte, igual que la fe religiosa, para construir, y como si entendieran mejor que nadie aquello del Génesis: la luz primero, y en seguida el acomodamiento de las formas, para probar esa luz.

A veces, andando por la meseta de México, que Alfonso Reyes ha dicho definitivamente y esa luz que Martín Luis Guzmán alaba como a una mujer, la tierra me ha parecido una mesa de cristal en que las cosas estaban por lujo puro, sin intención alguna de medro o de logro, temblorosas de agradecimiento, lo mismo el cactus estirado que la cúpula de la iglesia, sin grano de polvo encima, tan visibles que cuando se baja de ahí parece que los ojos se nos trocaron y que en cualquiera otra parte se ve menos; el mundo es menos visibilidad abajo, menos presa del ojo, él se reduce; él pasa a obedecer a las leyes de la distancia que allá arriba, en aquel reino estaban anuladas.

Cantan las cigarras en los trechos áridos tan fuertemente que casi "no son ellas"; en el contorno de Mitla, sentada yo en una piedra y creyéndome muy atenta al momento, por aquel duelo de cuchillos que ellas hacen, yo no oía venir la pareja o el grupo de indios que camina como si en sus cuatro mil años no les hubieran enseñado sino el sigilo para andar, o se les hubiera prohibido también el paso de la planta entera. De pronto, un indio, a un metro, y no se le había oído, mientras la cigarra que está a cien metros nos hostiga a su gusto.

Los reyes de España regalaron nominalmente a Cortés esta preciosa tajada de su conquista. Caído en desgracia, el gran pobre siguió llevando el título de Marqués de Oaxaca, seguramente con la dicha de quien sabe lo que lleva, porque él caminó aquella tierra sin precio; pero el marquesado le resultó tan ilusorio como uno de los reinos que se atribuyen los niños en el juego.

La raza de los zapotecas ha dejado en el valle de Oaxaca ruinas de un valor extraordinario, menos famosas que las de Teotihuacán, vecinas a la ciudad de México, y las de Uxmal en Yucatán, que han recibido más fácilmente las excursiones de los norteamericanos. Oaxaca está metida en la entraña del país; todavía no se le da aquella salida recta al Pacífico que hará, con su prosperidad económica, su divulgación de núcleo arquitectónico. (El ser la tierra de don Porfirio Díaz, presidente de treinta años, no le sirvió de gran cosa, como no le sirvió el serlo antes de Juárez, el Benemérito.)

El palacio principal de Mitla, la parte de él cuya vista se ahorraron los españoles soterrándolo, y que así nos quedó guardado para nosotros, nos cuenta una religión y una cultura sin relación con las otras de México. Nada de monstruos agazapados en las bases o parando en seco al intruso espantado en los pilares; nada de esa odiosa imaginación china que se complace en reptiles y en cuadrúpedos de pesadilla, salidos de una doble creación maniquea; y, en vez de esto, una decoración estrictamente geométrica de cuadrados y rombos de una castidad pitagórica; labor tan segura en la piedra trabajada decímetro a decímetro, que apenas si se ha desmoronado en algún detalle. Y a pesar de esta severidad geométrica y de este voluntario antiantropomorfismo, una gracia que viene del trabajo, minucioso (casi femenino, si el material no fuera tan viril), una gracia más difícil que la árabe, que se expresó en línea curva, y tan rica de combinaciones como ella, dentro del reino seco de la línea recta.

La educación secundaria y la superior siempre fueron buenas en México. La Colonia, que descuidó tanto la instrucción de las capitanías generales pobres, como la de Chile, sirvió en este aspecto los virreynatos de México y el Perú todo lo bien que las pedagogías del tiempo lo permitieron, y dio unas humanidades honorables y cuando menos decorosas, siguiendo el mismo criterio aristocrático de la Península en la cultura: buena Universidad o nula escuela primaria. La Educación colonial atendió al blanco por deseo de consolarlo de su lejanía de España, y ofreció también facilidades al mestizo entendiendo su utilidad como vínculo de dos sangres. Ella abandonó al indio por completo a su suerte en las sierras, excepto cuando el régimen tenía a su mano grupos misioneros a quienes entregarlos en suave tutoría. El educador laico hace presencia útil y hasta excelente en los colegios secundarios, pero en la escuela primaria el laico no dejó cosa que se le pueda estimar. Donde el misionero no pudo entrar, ya sea porque el soldado lo mirase como el anticonquistador y lo aventara de su empresa, según lo contó Las Casas, ya sea por escasez de misioneros, donde eso ocurría, el indio se quedaba en una espantosa soledad moral, en un abandono sin nombre.

El que la aldea contase siempre con su iglesia y su cura, no significa gran cosa: del Clero regular al misionero español corren, como quien dice, unos veinte grados geográficos de evangelización; cien curas españoles molidos no dan el cuerpo de un Motolinia o de un Pedro de Gante.

Vasconcelos pudo estudiar en su provincia unas dignas humanidades. Su padre era empleado de ferrocarriles y pensó hacerlo licenciado en derecho, una resolución común en el burgués liberal del tiempo; más le hubiera agradecido el hijo constructor el que lo hiciese ingeniero.

Parece que haya sido Vasconcelos en la Universidad de México, a la cual pasó después, un discípulo neutro, buen trabajador del aula y de la casa, que no asombró con desplantes literarios ni oratorios. Hasta ahora, y aunque su popularidad engañe

[255]

en este sentido, él sigue siendo eso mismo: mal orador, hombre de estudio honesto y opaco, lo menos tropical de este mundo en la conversación, si bien, cuando escribe, el arrebato religioso o el político —los únicos que él tiene— lo toman y le prestan algunos golpes de frenesí.

La generación de su bachillerato fue de la que se ha hecho mención en el capítulo de Alfonso Reyes; estudiosos ardientes, de veras atrapados por el Eros intelectual. Este Eros se vuelve en Antonio Caso función pedagógica de la índole de Vaz Ferreira, y en Alfonso Reyes se pone a desbastar y agudizar diamantes de concepto y de expresión, con el ojo más preciso y el punzón más firme.

Alfonso Reyes recuerda que ya en aquellos años, él veía al estudiante Vasconcelos trabajar en un proyecto de ensambladura de nuestros pueblos. La pasión hispanoamericana del mexicano viene de lejos. Dicen que su prédica es más vehemente y menos desinteresada que la de Ugarte, porque es hombre de país amagado. La explicación no dice nada: mucha gente de países amagados no muestra interés grande ni pequeño por su salvación.

Vasconcelos no profesa el catolicismo; pero, como todos los laicos nuestros, vive y trabaja con una imaginación católica; tampoco pertenece a los puritanos del idioma, y aun lo maneja a veces en forma atrabiliaria; pero el montón de las costumbres es nuestro segundo cuerpo y el hábito separa las razas bastante más que un color de piel.

Las indiadas sudamericanas son menos indiferentes al peligro de lo que llevan en su paladar el sabor fuerte de una costumbre; ellas tienen bastante más que perder con la "invasión pacífica" que el español americano. Es el mestizaje el único permeable al extraño; pero, geografía en mano, el mestizaje es débil en la pared divisoria de nuestras razas, que se llama México y Centroamérica. El blanco, escaso y todo, puede organizar al indio numeroso.

Vasconcelos recibe su título de abogado, que no le servirá para gran cosa, pues él desdeña esta profesión pudridora de conciencias buenas y malas.

Viene la campaña de Madero. Un hombrecito opaco como

Vasconcelos, místico, lo mismo que él, pero al revés de él, incapaz de dirigir una empresa de tal envergadura, se le enfrenta al dictador de treinta años, enraizado en el poder como un pino en buena tierra; hace una campaña en favor del sufragio efectivo de la que muchos se ríen y la gana con su elección presidencial. Ha comenzado la revolución en México.

Naturalmente, Vasconcelos está con Madero y casi se le sale al encuentro desde la cárcel, porque ha tenido varias prisiones por causa política; él lo acompaña en cuanto a liberador de una dictadura, en cuanto a provocador de una república de veras y en buena parte, en cuanto a hombre religioso. Vasconcelos piensa que se trata de coger el manubrio de la política para hacer carrera de bien. Dos vínculos le soldaron con Madero: el de que ambos miraban la política con facciones morales y el de que ambos eran semibudistas. La teosofía es para nosotros una especie de silabario sentimental del budismo, un gramito de indostanismo bien batido por la señora Besant. Vasconcelos se reirá más tarde con risa grande de los "críos" de la señora Besant; pero el propio budismo suyo tuvo un arranque de esa falda profética.

Madero, como el Vasconcelos de esos años, andaba en la aventura teosófica, y es muy probable que el budismo le haya dado su estupenda debilidad, que sería repugnancia a la violencia, la imposibilidad de pasar un hombre de ejercicios yogas a domador de guerrilleros.

Fracasó el místico, como todos los de su familia, en el negocio de gobernar, que en la América tropical está hecho de violencia y de astucia.

Génova, junio de 1930.

RECADO
SOBRE MICHOACÁN

Michoacán se halla en el sartal de lugares magistrales del globo, y es en él cuenta de fuego, como el guayruro. El estado mexicano de la gracia orográfica, lacustre y folklórica, comienza por no ser calenturiento como Tehuantepec ni frígido como la yacija del Tarahumara; Michoacán no delira ni se empala, no vive congestionado aunque produzca la caña y aunque le hayan caído en suerte los primeros plátanos que acarreó don Vasco de Quiroga.

La región galanea ondulada de sierra baja, de cuchillas y de colinas, y brilla laqueada de cafetal, mata luminosa de tan barnizada que es; como la hembra amorosa y un poco envalentonada de su hermosura. Michoacán tiene la relumbre del agua hacia todos los lados para que mejor le sobren que le falten espejos. Esta vez los espejos aventajan en renombre a la dueña misma: más se dice "Lago de Pátzcuaro" o "Cascada de la Tzaráracua" ("Cedazo" en idioma tarasco) que Michoacán. Por esta liberalidad del agua será tan aseado el indio tarasco que, si no huele a café, en los días del tueste, no huele a nada.

Como tierra subtropical, el verdor no ralea ni se empaña en ella por las estaciones zurdas de otoño e invierno. Al viajero le sobra el calendario: la buena estación es el año cogido por cualquier dedo del mes... Él va a encontrarse allí con una templanza que parece elaborada por el Genio de las isotermas. Y cuanto enseña Michoacán de justeza en los sentidos, de clemencia en el alma, de melodía en el vivir, yo me lo tengo por consecuencias de ese clima sin demonios extremosos.

La raza tarasca (originaria de Michoacán) muestra un curioso cartel de virtudes casticísimas, de condiciones temperamentales y de destrezas y primores artesanos que, desplegados dentro del friso nacional, la harán ganar siempre la disputa de los estados por la preeminencia. Michoacán vence a pura gracia; otros estados se quedarán como los Migueles batalladores de la meseta alácrita, él se calla, camina y vuela con la vara de Gabriel en la mano de aire y los ánimos y los pies se le van a la zaga. Los dones de la casta que hacen su leyenda y sus veras, su alegoría y su realidad, serían más o menos éstos: Primero, una muy cernida ruralidad, una cultura de fineza que corre del ojo al habla, al tacto y a los gestos de sus hombres y de su mujerío, sea la que sea su clase social. Plebe no se halla ni buscada; bolsas envalentonadas de ricachones tampoco, sino un pueblo pobre y pulido, que parece labrado por una doble ebanistería estética y cristiana.

El maya lleva más hermosura, el poblado más civilidad, el oaxaqueño mayor fortaleza; el tarasco parece el Abel-Seth, labrador de la huerta cabal e inventor de una vida cuyo secreto los otros no logran: solaz sin frenesí y convivencia dulcísima.

El segundo de sus atributos sería la lengua tarasca, que los filólogos dan como segundona de la maya, llena de unos esdrújulos que saltan en agudos cohetes y cargada de la combinación "tz", gloria en la boca nativa y purgatorio en la forastera...

Su tercera condición, que los fieles le dan por virtud y los otros por insania, es su religiosidad, que como una cera noble lleva todavía en sí las diez preciosas digitales de don Vasco de Quiroga, su santo civilizador. Por más que los chuscos llamen "mochería" (religiosidad) esta densa catolicidad, ella debió salir de horno consumado para no carearse hace tres siglos. La manufactura humana que dio y sigue dando, defiende la hornaza y la manipulación, y aboga por ella...

La cuarta vocación tarasca serían las jícaras de guajes (calabazas) laqueadas y floreadas a pulsos batientes de color, artesanía generalmente mujeril y que hace el júbilo de todas las mesas. Las jícaras meten de casa adentro la loca luz de afuera, cascabelean en muros y aparadores y, durante medio siglo, son un alarde increíble del pobre "mate" (fruto de la cucurbitácea en el que se bebe el mate) pardo transfigurado en luz.

La quinta hazaña tarasca se la daremos al baile regional, "las canacuas", que se danzan con cestos floridos y nacieron con música melliza, es decir, creadas a la misma hora y minuto que sus pasos y figuras. La casta no es abotagada sino ágil y parece haber bajado al mundo para bailar primero su paganía y después su cristiandad.

La sexta se la lleva el café de Uruapan, Moctezuma, que reina sobre los otros cafés del país; y apegado a él, un chocolate cuyo rango no arranca del cacao sino de las manos brujas que en el truco de la preparación lo transforman en cosa mejor, dando la ilusión de un trastrueque de la materia misma ...

La séptima honra michoacana la puso la aldea de Jiquilpan, donde nació el mayoral agrario Lázaro Cárdenas, tajador y parcelador del latifundio. Michoacán enfrenta a su mestizo con el zapoteca Juárez, porque si éste salvó a México de volverse galo-alemán, aquél salvó la Revolución de veinte años de quedarse en la mano india vuelta polvo y ceniza. (Las revoluciones criollas acaban en granjería y logro de la clase media.)

El projimismo azteca-español abre sus puertas sin más que silbar en un patio —y abre no a un hombre ni a una amenaza de soldadesca, sino a la aventura y a la gracia, o mejor, a las dos cosas juntas. Un mozo que llega de ciudad grande, que "dice" con ingenio, que canta y no es hinchado sino llano, y habla con el dejo del lugar, llega a donde quiere, aloja una noche, o se demora, o se queda cuanto se le antoje. Al tercer día ya se conoce a todos, a la semana se tutea con media villa, y al mes ya parece que nació allí ... Muy bien si el allegado ayuda a cosechar el café o a tumbar la caña; pero si sólo paga con el cariño y la chispa, basta y sobra.

Yo dormí en tantas casas que no puedo contarlas; comí en las mesas más dispares los guisos de las más varias cocinas: comí en tarasco y en zapoteca, en yaqui y en otomí. El común denominador de estas cocinas lo ponían las especias, las incontables hierbas de olor, el ají guerrillero de la lengua, el maíz abrahámico, dividido en doce tribus de sabor y color; pero de una a la otra región, el "México imponderable" (título del bello libro-clave de R. H. Valle) que es maestro en el arte de matizar para diferenciar, logra dar novedad a sus materias y desorienta de tal modo con los trucos culinarios que cualquier "carnita" puede parecer venado y la perdiz faisán. Con todas sus bayas y sus cereales y sus bestezuelas finas me agasajaron e hicieron de mí por el repertorio de mesas, de costumbres y de vínculos inefables, la curiosa industria chileno-mexitli que me volví... ¡Ay, pero no sabía devolver el agasajo! Yo era una mujer de australidad, fría, lenta y opaca. Mucho más tarde les respondería con la tonada del sur y la cara vuelta hacia sus ternuras y a sus generosidades.

BIBLIOGRAFÍA

Directa

Poesía

Desolación (1922, ed. príncipe); (2ª ed., 1923, aumentada)' (3ª ed., 1926, aumentada).
Ternura, canciones para niños (1925).
Tala (1938).
Lagar (1954).
Poema de Chile (1966).

Prosa

Lecturas para mujeres (México, 1923).
Recados contando a Chile (1957).
Vida de San Francisco de Asís (1965).

Indirecta

Fernando Alegría, *Genio y figura de Gabriela Mistral* (Buenos Aires, 1966).
M. Arce de Vázquez, *Gabriela Mistral, persona y poesía* (Puerto Rico, 1958).
J. Collar, *Gabriela Mistral (maestra de escuela, poetisa chilena universal)*, en Forjadores del Mundo Contemporáneo (dir. F. Pérez Embid), IV (Barcelona, 1970).
C. Conde, *Gabriela Mistral* (Madrid, 1970).
H. Díaz Arrieta, *Los cuatro grandes de la literatura chilena* (Santiago de Chile, 1963).
Humberto Díaz-Casanueva et al., *Gabriela Mistral* (Xalapa, 1980).
Alfonso Escudero, *La prosa de Gabriela Mistral: fichas de contribución a su inventario* (Santiago de Chile, 1950).
G. Figueira, *De la vida y obra de Gabriela Mistral* (Montevideo, 1959).
A. Iglesias, *Gabriela Mistral y el modernismo en Chile* (Santiago de Chile, 1950).
M. Ladrón de Guevara, *Gabriela Mistral, rebelde magnífica* (Santiago de Chile, 1957).
H. Montes, *La lírica chilena de hoy* (Santiago de Chile, 1967).

Norberto Pinilla, *Bibliografía de Gabriela Mistral* (Santiago de Chile, 1946).

M. Pomès, *Gabriela Mistral* (París, 1963).

Julio Saavedra Molina, *Gabriela Mistral, su vida y su obra* (Santiago de Chile, 1947).

L. Silva, *Gabriela Mistral* (Buenos Aires, 1967).

R. Silva Castro, *Producción de Gabriela Mistral de 1912 a 1918* (Santiago de Chile, 1951).

Arturo Torres Rioseco, *Gabriela Mistral (una profunda amistad, un dulce recuerdo)* (Valencia, 1962).

P. Valéry, *Preface à Poèmes choises de Gabriela Mistral* (París, 1946).

G. Von Dem Busche, *Visión de una poesía* (Santiago de Chile, 1951).

ÍNDICE

La huella del padre 7
Gabriela múltiple 12
Los amores de Gabriela 18
Hilaba la parca desde la cuna 30
Gabriela de todo el mundo 35
Los signos 49
Las amigas 60
Los amigos 64
En aquellos tiempos 67
Gabriela en México 76
Por qué Gabriela 85

ANTOLOGÍA

Nota 96
Los sonetos de la muerte 97
Interrogaciones 99
La sombra inquieta 101
Volverlo a ver 103
Canciones de Solveig 104
Canción de la muerte 106
Muerte de mi madre 107
Lápida filial 109
La muerte-niña 110
La desvelada 113
Muerte del mar 115
Puertas 119
Dios lo quiere 122
Amo amor 125
Íntima 126
Desvelada 128
El ruego 129
La dichosa 131
Viejo león 133
Una palabra 134
Canto que amabas 136

La abandonada 137
Nocturno 139
Coplas 141
Luto [I] 142

    Aniversario 142

Luto [II] 144
Los dos 146
Emigrada judía 148
Poema del hijo 149
América 152

Dos himnos 152

    I. Sol del trópico 152
    II. Cordillera 156

El maíz 161
La desasida 167
La fervorosa 169

Paisajes de la Patagonia 171

    I. Desolación 171

Coplas 173
Mis libros 176
El Ixtlazihuatl 178
Niño mexicano 179
Ronda de los colores 181
El papagayo 183
Patrias 184
Electra en la niebla 186
Tierra de Chile 190

    Volcán Osorno 190

Salto del Laja 192

Criaturas 194
   Canción de las muchachas muertas 194

Ruth 196
Recado a Lolita Arriaga, en México 198
Apegado a mí 200
Miedo 201
Himno al árbol 202

PROSAS

La oración de la maestra 207
La madre 208
Cuéntame, madre 208
Poema de la madre más triste 209

PROSAS MEXICANAS

El paisaje mexicano 213
A la mujer mexicana 219
El presidente Obregón y la situación en México . . . 222
Silueta de la india 229
Las jícaras de Uruapan 231
La fiesta del árbol. Las colonias rurales. Una plaza de juegos para niños 234
La reforma educacional de México 238

   La obra de una mujer 238
   Hacia la sierra 238
   El indio 239
   Sencilla exposición 240
   Colaboración de Ministerios 241
   El cuerpo azteca y maya 242
   Transformación de normalistas 243
   Vida común 243
   Haciendo una civilización rural 243
   Chile 244

Un hombre de México: Alfonso Reyes 245
Un poeta nuevo de América: Carlos Pellicer Cámara . . . 247

   Estrofa al viento del otoño 248
   Segador 249
   Sembrador 249

Primeras luchas de Vasconcelos 251
Recado sobre Michoacán 258

Bibliografía 263

Este libro se terminó de imprimir el día 17 de agosto de 1990 en los talleres de Gráfica Panamericana, S. C. L., Parroquia 911, 03100 México, D. F. En la composición se usaron tipos Baskerville de 10:12, 9:10 y 8:9 puntos. El tiro fue de 4 000 ejemplares. Cuidó la edición *José C. Vázquez.*

Nº 1481